Charlotte Amelia Poe

COMO É SER AUTISTA

Charlotte Amelia Poe

COMO É SER AUTISTA

tradução
Tainara Duarte

Oficina
raquel

© Charlotte Amelia Poe 2019
First published by Myriad Editions
All rights reserved
© Oficina Raquel, 2023

Editores
Raquel Menezes
Jorge Marques

Assistente editorial
Philippe Valentim

Revisão
Raquel Bahiense

Capa
Foresti Design

Projeto gráfico e diagramação
Daniella Riet

DADOS INTERNACIONAIS PARA
CATALOGAÇÃO NA PUBLICAÇÃO (CIP)

P743c	Poe, Charlotte Amelia Como é ser autista / Charlotte Amelia Poe ; [tradução Tainara Duarte].– Rio de Janeiro : Oficina Raquel, 2023. 172 p. ; 20,5 cm. Tradução de: How to be autistic. ISBN 978-85-9500-076-6 1. Poe, Charlotte Amelia 2. Autismo 3. Autistas 4. Autobiografia I. Duarte, Tainara II. Título. CDU 929Poe

Bibliotecária: Ana Paula Oliveira Jacques / CRB-7 6963

www.oficinaraquel.com.br
@oficinaeditora
editorial@oficinaraquel.com

Para M,

Porque você estava lá nos piores momentos e merece estar nos melhores.

Correto?

Para E, E, R & R,

Espero que vocês nunca, nem por um segundo, duvidem de que eu amei vocês todos os dias das suas vidas.

Sumário

Prefácio   13

Aceito   16

A vida com autismo   20

Dopada   23

A fada do dente   28

Procrastinação   31

Mágoas da escola   34

Uma pequena dose de empatia   38

O começo de tudo   40

Ensino Fundamental   45

A Tigela do Vômito   49

Era digital   52

E por falar em comida   56

Asquerosa   60

Ensino Médio parte I   66

Ensino Médio parte II   71

Os piores dias   82

Licença das aulas   86

Onde estão todos os psis?   91

Meu pai não entende   93

Faculdade   98

Modificação corporal 102

Anos perdidos 109

Os dias mais difíceis 113

Diagnóstico 116

Fã-clube 120

Falsos amigos (intimidade na internet) 125

Convenções 128

Gênero e sexualidade 132

Poeira das estrelas 139

As coisas todas 143

Finalista 146

Olhando para o céu 153

Melhor 159

Quem conta nossas histórias? 164

Agradecimentos 168

Agora preciso desfazer,
e reconstruir.

como ser autista

dirão que você é encrenqueira, que aquilo que você ainda não consegue colocar em palavras e que lhe faz diferente dos outros é responsável pelo modo como as outras crianças implicam com você e que você realmente deve se esforçar mais para se encaixar. você vai perceber rapidamente que não pode confiar em ninguém, não de verdade, porque eles vão lhe pedir para fazer coisas que vão acabar com você e que vão assombrá-lo por anos. você vai conhecer pessoas com as quais terá pesadelos e que ocuparão lugares escondidos por trás de suas pálpebras fechadas enquanto você se vira de um lado para o outro à noite. você aprenderá o que é ter medo. aprenderá o que é ter medo e, ainda assim, respirar. você assimilará o medo como sobrevivência.

ninguém nunca lhe dirá o que há de errado com você, apenas que a errada é você e que aquilo que você faz e diz é errado. vai olhar para o mundo e verá todos os outros e se sentirá carente, sem saber por quê. você vai se agarrar às bordas das mesas e se ajeitar na cadeira tentando não desmaiar enquanto outra onda de pânico se aproxima. você vai vomitar em seus sapatos. ninguém deixará você ir para casa.

você aprenderá que recuar é mais seguro do que atacar, que ficar em casa é mais seguro do que do lado de fora, que as pessoas são cruéis pelo simples fato de serem cruéis e que as cicatrizes deixadas pelas palavras delas vão ficar marcadas em seu cérebro. você vai arranhar sua pele, puxar as casquinhas e se lesar da maneira mais animalesca com sangue e lacerações. você fará pacto com o diabo.

você vai chorar lágrimas para valer e borrar seu delineador. vai limpar as marcas que escorrerão pelo seu rosto com água fria e será mandada de volta para a aula. suas pernas vão dobrar e você vai esquecer de como esticá-las. você vai acreditar neles quando lhe disserem que está fazendo isso de propósito. vai aprender a se odiar da mesma forma que eles odeiam você.

você tomará comprimidos feitos para sedar e, ainda assim, não SERÁ sedado. você passará seus dedos delicadamente pela parte prateada da cartela de remédio e agradecerá a todos os deuses que puder pensar por estas pequenas maravilhas azuis que lhe dão um espaço para pensar e ficar sem a ansiedade lhe roendo constantemente. você vai sair de casa e o mundo não vai acabar. aprenderá que esses comprimidos são a única coisa que podem salvar você.

você aprenderá que as pessoas que deveriam lhe ajudar não se importam se você vai viver ou morrer. aprenderá que desejar morrer significa esperar quatro semanas por um compromisso. aprenderá sobre planos de cuidados fajutos e registros médicos. ouvirá profissionais da saúde mentindo descaradamente sobre você. se perguntará por que ninguém nunca se interessou em olhar para você de verdade.

você vai parar de se olhar no espelho, vai alimentar o ódio, o nojo e a aversão que crescem e se tornam mais danosas dentro de você. vai se manter em pé na linha de frente, firme, encarando as armas apontadas para você por acreditar que merece. vai imaginar um fardo. as instituições beneficentes que demonstram querer ajudar lhe dirão repetidas vezes que você estará melhor se morrer. ouvirá sobre os assassinatos de outras pessoas como você e ouvirá a simpatia dirigida aos assassinos. aprenderá que sua vida tem menos valor do que a das pessoas normais.

mas —

apesar de tudo você vai viver. vai ler, e escrever, e desenhar, e pintar, e criar, e cantar, e dançar, e rir e amar. você será incrível. sentirá a interrupção em sua respiração enquanto caminha rumo ao melhor dia da sua vida e continuará caminhando. você vai manter por perto as pessoas que não o abandonaram; e nunca, nunca será capaz de agradecer o suficiente aos heróis que pagaram a conta do telefone, que marcaram consultas, que imploraram e suplicaram em seu nome. olhará nos olhos de sua mãe e saberá que ela ama você incondicionalmente. você viverá para ver os filhos da sua irmã irem de indefesos para incríveis. vai dormir com o pelo do seu gato encostando na ponta do seu nariz e sorrir para si mesma enquanto ele ronrona. você vai se esforçar mais do que pensou que poderia aguentar, e você sobreviverá.

você sobreviverá.

você sobreviverá.

veja, aqui está o segredo: para conseguir quebrar um concreto com as próprias mãos, é preciso praticar por anos, quebrando os dedos e curando essas fraturas até que os seus ossos sejam mais fortes do que o seu obstáculo. a cada vez que você chorou, a cada vez que as palavras de outra pessoa destruíram você, a cada vez que queria morrer, mas sobreviveu a mais uma noite, você quebrou e curou as microfraturas da sua alma. você é carbono, se tornando, bem devagar, um diamante. e a cada vez que lhe derrubaram, você se levantou e ficou firme.

Carl Sagan uma vez disse que somos todos feitos de material estelar, que quando o universo explodiu sobre si mesmo, ele criou os átomos dos quais eventualmente somos feitos. então, quando a sua respiração falhar, lembre-se de que você está engolindo planetas antigos, que cada segundo desde o nascimento da nossa realidade tem nos conduzido até este momento. então, você está autorizado a ter medo.

não há bravura sem medo, não há coragem sem aquele bolo horrível no parte de trás de sua garganta e a reviravolta no seu estômago.

você sobreviverá.

porque já se passaram 13,772 bilhões de anos desde que fomos criados, e você é enormemente cósmico. você brilhou no céu antes que o dia e a noite existissem. você é um acaso, uma coincidência, algo tão totalmente improvável que as probabilidades são incalculáveis. e, ainda assim, aí está você. um milagre.

as pessoas comuns nunca vão entender. elas subestimam o que veem, e não é culpa delas, é por ser simplesmente aquilo que já conhecem. você teve que lutar pela sua existência a cada passo do caminho. então, você sabe, você sabe o custo da sobrevivência.

e eu sei, e você pode confiar em mim, que você vai escalar a sua posição na vida e um dia, daqui a muito tempo, dizer "olá" para a morte com um sorriso sagaz e um aperto de mão firme, totalmente sem medo, porque o medo é algo que você conhece, mas, como um lobo que mostra as suas presas, seu medo o torna poderoso.

e acho que, talvez, seja por isso que eles tinham medo de você. porque sabiam do seu potencial, sabiam que você era mais; que, à luz do luar, você ficava linda. então, tentaram esconder isso de você, tirar isso de você.

eles falharam.

você vai sobreviver.

Prefácio

19 de janeiro de 2019

Pessoas autistas realmente não gostam de mudanças. Acho que essa é uma consideração muito justa de se fazer, caso generalizemos. E, ainda assim, tanta coisa mudou para mim em tão pouco tempo que estou começando a questionar isso. Acho que, provavelmente, posso fazer alguns ajustes. Talvez autistas não gostem de mudanças quando são impostas contra a nossa vontade.

Quando gravei o meu vídeo, "How To Be Autistic[1]", fiz porque quis, enviei e me esqueci totalmente dele. Um ano depois, a minha vida mudou. E aí escrevi este livro. Seria fácil dizer que esta é uma história com um final feliz, mas não quero ser hipócrita. Ainda luto contra os mesmos problemas que descrevi no início do livro? Sim, eu ainda luto enormemente para sair, e ainda estou socialmente isolada. Os dias ruins em que a depressão causa uma dor quase física ainda acontecem, mais frequentemente do que eu gostaria. Isso não cessa apenas porque você apareceu na *Sky News*, infelizmente. Porém, me foi dada a oportunidade de fazer e de experimentar coisas incríveis. Me senti mais confiante. Vi Hozier[2] em Londres, na sala de concertos KOKO, sentado na sacada, e o ouvi cantar minha música favorita, *Arsonist's Lullabye*. Foi mágico e assustador, e não acho que eu conseguiria ter feito isso sem acreditar que eu valho alguma coisa, que as pessoas me julgaram e não me acharam incapaz, mas inspiradora. Eu fui para os Estados

---

1. Nota do Tradutor: Título original do vídeo que deu origem ao livro *Como é ser autista*.

2. Nota da editora: Cantor irlandês.

Unidos! Meu Deus, eu fui para os Estados Unidos! Voei pela primeira vez e acima das nuvens e aterrissei em Nova Iorque e odiei praticamente cada segundo porque, com toda a certeza, viajar é um inferno para a pessoa autista: *jet lag*, problemas para me alimentar, pessoas em todos os lugares, esperar, novos lugares, novos rostos, estar longe da minha mãe – mas eu consegui. Conheci o Capitão América em pessoa na *ACE comic con* em Chicago (eu estava bem pertinho) e mesmo que eu aparente estar meio morta na foto e não me lembre de nada da experiência, eu consegui.

A verdade é que há muitos momentos em que "eu consegui", mas eles são abafados pelos momentos em que "eu não consegui". Os humanos são máquinas tendenciosas, e nós somos especialmente influenciados pelo negativo. Queremos acreditar no pior sobre nós mesmos, e vamos pegando esses restos ao longo do dia e juntando até que tenhamos algo em que possamos olhar e dizer: "olha, eu sou uma pessoa horrível", mesmo que todos digam o contrário. Talvez isso aconteça apenas comigo.

Para ser honesta, tudo isso parece uma farsa. Continuo aguardando o e-mail que diz: "espera um minuto, você não é uma escritora de verdade! Você não merece esse prêmio de arte! Você nem terminou o Ensino Médio! Como se atreve?". Sinto que convenci todo mundo a acreditar que valho alguma coisa, quando, na verdade, eu não faço a menor ideia. Eu não sou adulta – arrume alguém que sabe o que está fazendo! Sigo outras pessoas autistas *online* e elas parecem escrever e de fato sofrer, mais lindamente, mais eloquentemente, advogar mais fortemente, e eu só fico ali, pensando, não sei o que você quer que eu diga.

Então, ontem à noite, enquanto estava pensando em como eu deveria escrever essa introdução, isso me atingiu em cheio. Quando escrevi este livro no calor daquele momento, no auge da emoção em ser a ganhadora e cheia de esperança, e ainda sem voltar a mim, sabia o que queria dizer, porque era o que queria dizer há anos. Toda aquela explosão de palavras, raiva, tristeza, esperança, alegria, trauma escorreram de mim; e agora, ao reler o livro, percebo que não preciso me comparar a outras pessoas, ou a como as outras pessoas vivem o autismo. Se este livro ajudar uma pessoa, então terá sido suficiente. Se inspirar uma pessoa, terá sido suficiente.

Imagino que você se pergunte por que não fui diagnosticada antes. Seria fácil julgar isso como "naquela época as coisas eram assim", mas isso não é verdade. Embora mais pessoas estejam sendo diagnosticadas hoje em dia, qualquer um que não se encaixe nos padrões estereotipados de autismo (masculino, branco, jovem, hetero, cisgênero, hostil, mentalmente saudável, por exemplo) passará despercebido. Enquanto o financiamento da saúde mental é cortado, nós enfrentamos verdadeiros desafios na obtenção de diagnósticos. Falarei sobre o meu próprio diagnóstico depois, então não vou me debruçar sobre isso aqui mas, por favor, caso sinta que você ou alguém que você conhece é autista, vá atrás desse diagnóstico e não desista até conseguir. Não desista depois que o conseguir também. O autismo, infelizmente, é uma vida de não desistências. Minha mãe nunca desistiu de mim. Ela poderia. Lendo isso, você a perdoaria por ter desistido. Mas ela nunca o fez.

Ela me disse que eu poderia ser qualquer coisa. Sempre quis ser escritora.

Ei, mãe! Olha, eu consegui.

Aceito

22 de dezembro de 2016

São 5 horas da manhã do dia do casamento da minha irmã mais nova e estou acordada há quinze horas. Estou cansada o suficiente para adormecer, mas o sono foi embora. Em vez disso, estou navegando na internet, falando com alguém no Twitter, e, ah, usando um vestido de veludo dourado, com o cabelo encaracolado e uma maquiagem minuciosamente delineada.

Não vou ao casamento – já havia dito à minha irmã, ela sabe disso há semanas. Não saio de casa, simplesmente não é uma opção. Fico pensando comigo mesma que talvez eu pudesse usar o Photoshop em algumas das fotos do casamento, e essa ideia me faz querer chorar.

Eu não vou, não consigo. Mesmo sendo tão discreto quanto um casamento pode ser, no castelo e Norwich com, talvez, uma dúzia convidados, cada pedacinho de mim resiste.

Exceto por...

Há uma pequena parte de mim, muitas vezes enterrada, que grita que preciso ir, que preciso ver minha irmã se casar. A mesma parte de mim que quase chorou quando a vi experimentar o vestido de noiva pela primeira vez.

Olho para as fotos da webcam que tirei de mim mesma, verifico a bateria e a lente da minha câmera. Ela queria que eu fosse a fotógrafa do casamento – eu iria ser. Até a minha ansiedade decidir que eu não poderia ser. Meu tio vai fazer isso no meu lugar. Ele sabe disparar a máquina fotográfica.

E eu tomo um comprimido de Diazepam.

Dentro de meia hora fico completamente alerta. Isso é o que o Diazepam faz comigo – é um efeito paradoxal do medicamento e é comum em autistas. É o mesmo motivo pelo qual o café me deixa sonolenta.

O Diazepam também acalma o suficiente a minha mente para me deixar pensar. Já são quase 7 horas da manhã e sei que minha mãe deve estar acordada. Mando uma mensagem para ela. Mandar uma mensagem para ela parece simples, mas é aterrorizante para mim: *vou ao casamento de Rosie*.

Tento engolir um pouco de comida, mas a ansiedade está apertando as minhas entranhas e a última coisa que quero é vomitar ou fazer uma cena. Em vez disso, prefiro esperar até poder falar com minha mãe.

Ela está contente – mas ocupada. O casamento é às 10 horas e Norwich fica a uma hora de distância. Ela tem que ir até lá para ajudar a arrumar Rosie e as crianças.

Continuo esperando, e os fantasmas voltam a me assombrar.

Mas eu vou fazer isso. Preciso fazer.

Vou até a Rosie com meu pai, e embora eu não saiba disso no momento, mais tarde minha mãe dirá que Rosie está emocionada por me ver lá. Ethan, meu sobrinho, está elegante em seu chapéu-coco e seu terno – ele é o pajem. Ella, minha sobrinha, está deslumbrante em seu vestido vermelho. Ela é a única dama de honra. Os buquês são feitos artesanalmente com amor e carinho. Aperto mais forte a minha câmera e registro a cena. Está mesmo acontecendo.

Entro no carro, espremida entre Ethan e Ella no banco de trás e me distraio tagarelando bobagens com eles.

Normalmente a viagem é longa, mas hoje passou depressa. Antes que eu pudesse perceber, já estávamos estacionando perto do castelo.

Quando saímos do carro, percebemos que o véu de Rosie havia ficado em casa no balcão da cozinha. Então, meu irmão, Joe, pisou fundo e correu por Norwich para comprar outro. É um caminho suave, e o vento é forte e gélido. Minha irmã escolheu casar-se em dezembro porque ela adora o Natal. Terá uma árvore de Natal na recepção.

Nos acomodaram do lado de dentro e novamente estamos à espera, agora para valer. Qualquer um com ansiedade lhe dirá que esperar é o pior de tudo. Passo o tempo fotografando. Rosie está linda, totalmente radiante e todos os outros estão muito elegantes. Estou vestindo uma jaqueta de couro.

Finalmente, é hora de entrar. Como sou a fotógrafa oficial do casamento (meu tio foi totalmente informado sobre o funcionamento da câmera, mas o papel agora é meu novamente), consigo me posicionar junto à janela sem atrapalhar a passagem e observar enquanto todos se arrumam. Nat, o noivo da Rosie, é um cara grandalhão, gentil, motociclista, com várias tatuagens pelo corpo e a espera na frente.

E, então, a música começa, e minha irmã entra de braço dado com meu pai. Começo a fotografar, o bipe da minha câmera dispara.

A cerimônia não é como o que se vê na televisão – é mais íntima, impactante e sincera. As alianças são trocadas, e os votos são feitos e depois do beijo eu tiro uma foto de Rosie abraçando seu novo marido, sua mão repousando por trás do pescoço dele, exibindo sua nova aliança, seu novo compromisso. É a minha foto favorita do dia.

Começam os trâmites da assinatura dos documentos e por algum motivo não se pode fotografar tal momento. Mas eles fornecem documentos fictícios para os recém-casados fingirem que estão assinando, então tiro mais fotos. A luz passa através da janela e faz tudo parecer etéreo. Essas fotos vão ficar lindas.

Finalmente, saímos e eu tiro fotos das duas famílias que se tornaram uma. Estou exausta, e isso depois fica claro nas minhas fotos, mas não usei Photoshop, estou realmente lá.

Não vou à recepção. Em vez disso, vou para casa dormir.

Mas minha mãe me disse que eu estar lá, no casamento, significou muito para minha irmã.

E significou muito para mim também.

E olhando para trás, acho que foi a primeira vez que superei algo assim, a primeira vez que eu realmente me esforcei. Eu precisava ver minha irmã se casando e eu não trocaria essas lembranças por nada no mundo. A ansiedade é uma grande parte do meu autismo, mas pela primeira vez ela não estava no controle.

Eu estava.

A vida com autismo

2018

Eu sei, eu disse a palavra que começa com "A". O autismo é um remédio amargo de engolir, não importa o ângulo pelo qual você esteja olhando. Tem sido retratado como um monstro à espreita que levará seus filhos para longe de você, como algo distante, de outro mundo, alienígena e assustador. Não sabemos de onde vem. Apenas acontece. E é desgastante.

Eu sou completamente autista. Não há parte de mim que não seja autista e foi assim que nasci. Há várias teorias sobre o tema— ter um pai mais velho, ser um bebê pélvico, ser um bebê nascido de cesariana, ser prematuro de duas semanas, receber antibióticos após o nascimento, mas não acredito em nenhuma dessas hipóteses. Acredito que seja o rolar dos dados aos quais a genética está submetida. Eu nasci autista. Provavelmente, salvo um milagre, morrerei autista. Meu cérebro funciona de maneira diferente das pessoas neurotípicas – e o delas, por sua vez, funciona de forma diferente do meu.

A melhor maneira de descrevê-lo é imaginar uma viagem de carro. Se um neurotípico quer ir do ponto A ao B, ele encontrará o caminho, na maioria das vezes, desobstruído, sem obras rodoviárias ou desvios. Uma pessoa autista vai descobrir que terá de usar estradas secundárias e atravessar campos e explorar lugares que os neurotípicos nunca imaginariam ir, nem mesmo conseguiriam imaginar. Uma viagem do ponto A ao B para um neurotípico é uma viagem ao acaso, para uma pessoa autista passa-se por todo o alfabeto.

Antes que você diga: "Mas como diabos você funciona, se você tem que dar tantas voltas apenas para *pensar*?", lembre-se de que o cérebro humano é extremamente resiliente e constrói novos caminhos onde esses desvios e obras rodoviárias estão. Da mesma forma que não consigo imaginar como é ser um neurotípico, você nunca poderia nem sonhar em como é ser eu. Nossos cérebros estão enviando estímulos em diferentes direções e, às vezes, vão parar no lugar errado, mas em outras, acabam em lugares incríveis.

Não estou dizendo que esta seja a solução perfeita. A evolução não nos garantiu esse presente. Nós ainda acabamos em muitos becos sem saída e em muitos caminhos sem volta. Mas para encerrar essa metáfora um pouco torturante, eu só queria dizer isso: "se você é um neurotípico e está lendo isso, você nunca vai entender o que é pensar como uma pessoa autista".

Infelizmente, isso também significa que nós não temos ideia de como você funciona.

O mundo é construído para neurotípicos; ele o acolhe com seus barulhos e incertezas. Você está acostumado com isso; nem precisa pensar sobre isso. Você pode simplesmente sair sem problemas, com semanas de antecedência, sem tomar remédios, sem levar alguém com você no caso de ter um ataque de pânico. É simplesmente tão fácil para você.

É tão óbvio para você, eu sei, e tudo bem. É o cérebro com o qual você nasceu. Só é – *frustrante* – por falta de uma palavra melhor, assistir a pessoas circulando tão facilmente por este mundo, enquanto nós lutamos todos os dias apenas para parecer "normais".

O autismo foi transformado em uma espécie de palavrão. Com a ajuda de programas como *The A Word – A*

Vida com Joe e *Simplesmente Amor*, o autismo é apresentado como incompreensível e assustador. É assustador porque você não o entende. Saquei isso, é a mesma razão pela qual eu choro quando me vejo diante de um quebra-cabeça de matemática. Eu simplesmente não *saco*.

    Apesar disso, espero que eu possa ajudar a desvendar alguns desses mistérios para você, ou pelo menos, mostrar um pouco da minha vida e o que significa, para mim, ser autista. Não é necessariamente um passeio divertido, mas prometo que tem um final feliz. Haverá momentos que farão você querer fechar seus olhos ou encolher, mas como a pessoa que viveu através deles, eu lhe peço que leia porque se eu puder mudar a percepção de apenas uma pessoa, se puder ajudar uma pessoa autista a se sentir menos sozinha, então tudo isso valerá a pena. Então, por favor, vire a página. Nossos mundos estão prestes a colidir.

Dopada

Meados dos anos 1990

Eu tinha oito anos quando me receitaram Diazepam pela primeira vez. Houve uma série de razões, muitas das quais ainda vou descrever, mas no final das contas, a razão principal era que a medicação é mais barata do que os médicos, mais barata do que psiquiatras, mais barata do que psicólogos. É um problema que continua até hoje, mais ainda, com remédios sendo jogados em cima de problemas que poderiam ser resolvidos se houvesse recursos para lidar com eles. Infelizmente, eles simplesmente não existem.

Então, temos os remédios.

Como alguém que jamais vive sem medicação, é natural, para mim, listar todos os medicamentos já experimentados e, ao lado de cada um, os respectivos efeitos. Muitas vezes até esqueço alguns. Então, em vez disso, vou apenas dizer o que está funcionando para mim agora.

Pela manhã, tomo dois comprimidos de Clonazepam (um benzodiazepínico) e também o equivalente a dois comprimidos de Trifluoperazina (um antipsicótico) e, além disso, Diazepam (outro benzo) conforme necessário.

Conforme necessário significa, essencialmente, toda vez que eu quiser sair de casa. Sim, até para visitar minha irmã que mora a quinze minutos de distância daqui.

Sei que existem tratamentos que podem me curar, me libertar dos grilhões da medicação – o que parece ótimo. Infelizmente, como já mencionado, os recursos é que não são. Na realidade, há listas de espera, médicos especializados e folhetos explicativos em salas de espera. Com toda certeza, há terapeutas particulares, mas nem todos podem ter acesso a eles. Se você vive abaixo da linha da pobreza, provavelmente não poderá pagar em torno de R$200,00 semanais para ir a um terapeuta com o objetivo de conseguir sair de casa com tranquilidade ou estabelecer contato visual ou aprender comportamentos para se obter uma interação social. Então, em vez disso, você ingere seus remédios como se fossem muletas, apoia-se neles, sabendo que – sim - os benzodiazepínicos provavelmente estão ferrando seu fígado e – sim – você só deveria ingerir os antipsicóticos por seis meses e, ao contrário, já faz uso há quase uma década, mas fazer o quê? Funciona para você. É incrivelmente difícil romper esse círculo e, se você souber romper, por favor entre em contato comigo, porque vou amar. Por esse motivo, crianças autistas recebem remédios prescritos com efeitos colaterais terríveis que não são contados a elas ou que não nem são capazes de compreender. Não vou citar nomes aqui, mas conheço uma criança de nove anos que recebeu prescrição de Citalopram, um ISRS (inibidor seletivo de recaptação de serotonina), que funciona para ansiedade e depressão. É um remédio horrível, que eu mesma já tomei há tempos, mas o pior é a retirada que, mesmo quando feita de modo bem lento, pode provocar uma desvitalização.

Não sei se você já experimentou um choque cerebral, mas é um dos principais efeitos colaterais da retirada do Citalopram. É uma experiência rápida, mas horrível, que lhe deixa completamente arrasada. É como ser eletrocutada por dentro da sua própria cabeça. E esses choques cerebrais podem durar meses, ou até mais, depois que você parar de tomar essa droga.

Ninguém me informou nada quando me receitaram Citalopram aos 16 anos. Quando comecei a retirá-lo, me vi literalmente incapaz de andar. Não desejo este choque a ninguém.

Isso é o que os médicos prescrevem para crianças pequenas. Por um lado, esses remédios funcionam. Mas, por outro, são provisórios, com a intenção de serem retirados, mas tornam-se permanentes. De qualquer forma, não é positivo. Quer dizer, me receitaram Diazepam há 21 anos e ainda sou dependente. Tem que haver uma maneira melhor.

Meu irmão e minha irmã trabalham, ambos, na área da saúde; meu irmão é médico residente e minha irmã está se formando em Enfermagem. Nenhum dos dois recebeu mais do que alguns dias de treinamento em tratamento ou diagnóstico de autismo. Meu irmão, que estudou Medicina por cinco anos, norteia a vida das pessoas todos os dias, mas a única razão pela qual ele poderia identificar uma pessoa autista, não diagnosticada, é porque viveu com uma por toda a vida.

Falamos sobre conscientização. Conscientização do Autismo. Temos um mês dedicado à conscientização do autismo, em virtude das *fake news* do passado de que as vacinas contra sarampo, parotidite e rubéola seriam a responsável pelo espectro autista. Entretanto, são necessárias, ainda assim, ações proativas, treinamento especializado e recursos.

Há um teste que você pode fazer para ver se você é autista. Dura cerca de dez minutos e é de múltipla escolha. Muito simples. Apenas dê uma pesquisada no Google em "teste de quociente de autismo" e faça agora. Eu vou esperar. Os resultados podem surpreendê-lo.

Esse teste, naturalmente, não é uma ferramenta de diagnóstico infalível, mas é definitivamente algo que poderia ser usado como um trampolim para uma investigação mais aprofundada. Pense em como foi fácil a busca *online*. Não seria fácil para um médico aplicá-lo? Então, por que não é? Por que não foi aplicado quando eu era criança?

Levaram 21 anos para eu ser diagnosticada, percebe? E sim, sou bastante ressentida em relação a isso. Falaremos sobre isso mais tarde. O primeiro passo do meu possível diagnóstico foi esse teste. E adivinha? Eu me encaixei perfeitamente na categoria de autismo.

É frustrante constatar que temos isso à nossa disposição e que não é usado como uma ferramenta de diagnóstico. Poderia fazer uma enorme diferença e ajudar a acelerar drasticamente o processo de diagnóstico. Quando criança, e cito isso dos meus registros médicos, eu fui "da água ao vinho" e ninguém nunca desconfiou. Não tenho dedos das mãos e dos pés suficientes para contar a quantos psiquiatras e psicólogos eu fui antes de completar 18 anos. Ninguém parou e pensou – *espere aí, temos este teste que dura dez minutos à nossa disposição; vamos, talvez, ao menos descartar o autismo como uma possibilidade.*

Algo precisa ser proposto, algo precisa mudar. Estamos distribuindo medicamentos desnecessários e/ou prejudiciais, estamos deixando as pessoas escaparem por entre os dedos e não possuímos os recursos para lidar com as consequências.

Prevenir é mais fácil do que remediar. E embora não haja cura para o autismo, definitivamente existem maneiras de gerenciá-lo sem o uso excessivo de medicamentos.

dente de leite

você arrancou nossos dentes de leite

e então se surpreendeu quando cresceram presas no lugar

A fada do dente

Meados dos anos 1990

Começou com um dente mole.

No segundo momento em que o dente balançou, parei de escová-lo. Por fim, aquele dente foi nocauteado por um dentista em questão de segundos, mas o estrago já havia sido feito.

Acho os dentes incrivelmente perturbadores. Ainda hoje, a visão ou a discussão sobre dentes ou procedimentos dentários me desencadeia um ataque de pânico. Outro dia estávamos assistindo a um programa sobre veterinários na televisão quando eles começaram a falar sobre a higiene dental do cachorro. Minhas mãos cobriram meu ouvidos e olhos em um instante e, alguns segundos depois, minha mãe tirou o som da TV e estava de olho para me avisar quando fosse "seguro".

Não sei se você sabe, mas não escovar os dentes é uma ideia muito, muito ruim. Em pouco tempo, e numa velocidade incrível, você acumula placas bastante nojentas. No meu caso chegou a ponto de meu lábio inferior ficar projetado, porque havia pelo menos um centímetro de tártaro nos meus dentes inferiores. Eu me recusei a ir ao dentista. Aqueles dentes moles não iam a lugar algum e paguei caro por isso.

Por que os dentes moles me assustavam tanto? Ainda não sei. Autistas são extremamente sensíveis à mudança, a sensações e à dor. Poderia ter sido qualquer uma dessas coisas. Não me lembro da pseudo lógica que me fez parar de escovar os dentes, ou de o porquê isso me assustar tanto e ainda assusta, mas lá estávamos nós. Passei por quase todo o Ensino Fundamental com a boca cheia de placa fedorenta e metro de tártaro nos meus dentes inferiores. Aprendi a me esquivar do assunto, e ainda hoje quando sorrio ou falo, cubro meus dentes de baixo, embora estejam saudáveis agora.

Chegou ao ponto em que minha mãe armou para me apagarem e removerem todos os meus dentes de leite e retirarem as placas. Foi um procedimento gigantesco, e que não deveria ter sido necessário. O dentista tirou oito dentes de leite naquele dia, fiquei com espaços vazios e com a recomendação de gargarejar água morna salgada, que, se você nunca experimentou, é horrível.

Levei anos para melhorar minha higiene dental. Vou a um dentista específico a cada três meses (na verdade, agora estou atrasada para um consulta) e uma das principais razões pelas quais me receitaram Diazepam foi para eu conseguir ir ao dentista. Mesmo sendo adulta, recebi anestesia e oxigênio para me acalmar para um *check-up* e limpeza, mas finalmente fui corajosa o bastante para não precisar mais disso. Em troca, temos regras:

1) Não uso a palheta em nenhuma fase.

2) Qualquer limpeza deve ocorrer em intervalos de cinco segundos, contados em voz alta pelo dentista ou higienista.

3) Nada além do necessário.

Me orgulho em dizer que, apesar de todos os problemas que passei com meus dentes quando criança, nunca precisei de uma obturação, e os únicos dentes que removi desde os meus de leite foram os meus sisos, pois não estavam nascendo como deveriam. Recebi uma anestesia geral, o que é bem comum. Levei até pontos, que, por serem um corpo estranho na boca, deveriam ter me assustado, mas acho que por causa da posição tão lá atrás, de fato, não prestei muita atenção neles.

Eu mesma tirei os pontos. Não conseguiria passar novamente pelo dentista.

No entanto, ainda não estão cicatrizados.

Procrastinação

2018

Desculpe, não vi você aí, eu estava fazendo literalmente qualquer outra coisa para não escrever.

Não, isso não está certo. Há uma diferença entre procrastinação e disfunção executiva, e eu estava lutando com este último. Você pode não ter ouvido falar disso antes, mas pessoas autistas podem ter uma falha cerebral repentina bastante desagradável e, se você é autista, provavelmente terá, pelo menos em algum momento, recebido gritos dos seus pais para *limpar a droga do seu quarto*.

Disfunção executiva é a consciência de que uma tarefa precisa ser executada, mas paralelamente a clara compreensão de que agora não é o momento de fazê-la.

Confie em mim, faz sentido.

Desde coisas divertidas como comer, ou assistir a um filme, ou a um programa de televisão, até coisas chatas como lavar ou arrumar. A disfunção executiva dita as regras de quando essas tarefas podem ser executadas, e há muito pouco a ser feito para combatê-la antes de ser forçada a entrar em ação e terminar o que precisa. *Eu preciso fazer isso, eu preciso fazer isso, eu preciso fazer isso,* seu cérebro vai repetir. *Mas agora não, mas agora não, mas agora não. Agora não é a hora certa. Eu vou dizer pra você quando for a hora certa, mas não é agora.*

É bastante frustrante e realmente perturbador conviver com o seu quarto que fica cada vez mais bagunçado, as roupas se acumulam e você simplesmente olha ao redor e – não consegue.

Imagine você confortável na cama. Você não tem que se levantar, não há nada urgente que você precise fazer. Aí você percebe que está explodindo de vontade de fazer xixi. Você vai adiar o máximo que puder, e mais cedo ou mais tarde vai escolher entre uma das duas opções, e uma delas não vai ser tão boa assim.

Com a disfunção executiva, seu cérebro força você a escolher a opção não tão boa, o que lhe deixa deprimida por estar vivendo em uma bagunça, e todos os outros estão silenciosamente ressentidos, porque parece ser a coisa mais fácil do mundo apenas *pegar aquele pedaço de papel do chão, você passou por ele uma dúzia de vezes hoje. Por que você simplesmente não pega?*

Porque não é para agora! Porque agora, pegar aquele pedaço de papel parece a coisa mais difícil do mundo e eu não consigo explicar, mas me forçar a fazer isso parece totalmente além de qualquer senso de poder ou controle que eu tenha. E sei que não faz sentido, mas aquele pedaço de papel vai morar lá, até algum momento aleatório, quando meu cérebro decidir que deve ser pego urgentemente, de uma vez, sem falta; nesse momento o papel será recolhido, mas um milhão de outras pequenas coisas terão se acumulado sobre mim.

E por aí vai.

Quando criança, sempre fui repreendida por ter um quarto extremamente bagunçado. Não foi por falta de tentativa, e não percebia na época por que era tão difícil simplesmente pegar as roupas ou arrumar as coisas. O fato é que meu cérebro literalmente não conseguia entender a tal tarefa e eu ficava em um impasse. Não conseguiria fazer aquilo até que o meu cérebro me enviasse um comando para eu fazer.

E, às vezes, meu cérebro é um pouco inútil.

Claro, há benefícios – quando o prazo aleatório chega, pode resultar em uma onda de limpeza de um dia inteiro com sacos de lixo voando, e pratos lavados, e pisos aspirados. Mas muitas vezes leva muito tempo até acontecer.

Os neurotípicos limpam de maneira constante e contínua, por exemplo: aspiram quando há pelos de cachorro no tapete. Para mim? É extremamente mais complicado do que isso e, por mais que me esforce, essa é uma particularidade do cérebro que eu nunca vou entender.

Mágoas da escola

Meados dos anos 1990

A primeira vez que percebi que talvez não estivesse me encaixando foi no Ensino Fundamental. Fui para uma escola em um vilarejo muito pequeno e tinha um grupo de amigos com quem eu era feliz – não seria capaz de dizer seus nomes ou qualquer coisa sobre eles agora, faz tanto tempo, mas às vezes me pergunto como estariam agora? Independentemente disso, um dia, me aproximei, e um deles sorriu maliciosamente e me disse para "cair fora". Não parece grave, mas para alguém de seis anos de idade é devastador. Depois disso, tudo começou a desmoronar, e provavelmente teria continuado se não tivesse que me mudar de escola devido à assimilação das matérias.

Outra coisa que me destacava era o fato de eu tomar leite de mamadeira na escola como um bebê faria. Sei o que você está pensando – é realmente muito estranho. Mas eu tinha seis anos, e crianças de seis anos fazem coisas estranhas. Era algo confortável e minha mãe as preparava para mim e para o meu irmão, que era, de fato, um bebê. Não fazia mal a ninguém, nem era prejudicial, era apenas algo que eu fazia.

Até que uma cozinheira apontou e riu de mim. Não me lembro exatamente o que ela disse, mas fui para casa em prantos. Nunca mais botei uma mamadeira na boca e percebi, pela primeira vez, que os adultos podem ser mesquinhos e vingativos sem motivo. Não sei o que ela ganhou com isso – talvez simplesmente não gostasse do trabalho dela, mas acho que foi um pouco grosseiro dizer isso a uma criança de seis anos.

Naquela escola, também comecei a não mais acreditar em figuras de autoridade. Ao todo, me lembro de três incidentes por lá, embora a ordem seja um pouco confusa, então vou partir do que entendo ser o menos, até o mais grave.

O primeiro foi porque todos nós deveríamos tomar nossas vacinas na escola. Receber uma agulha enfiada em você é uma experiência desagradável e alguns alunos, inclusive eu, foram autorizados a ir para casa depois de receberem as vacinas, porque depois de algo assim você só quer a sua mãe. É um horror, ainda me sinto assim se eu precisar de uma injeção ou de um exame de sangue. Tomei minha vacina, e aí me disseram que eu não podia ir pra casa. Minha mãe já estava lá para me pegar, mas os professores insistiram para eu ficar na escola. Minha mãe conseguiu me levar para casa, mas foi a primeira vez que percebi que ela não estava no controle da escola, que os professores podiam quebrar as regras sempre que quisessem, poderiam ir contra promessas acordadas e que tinham o poder de me controlar.

A segunda foi durante uma aula de natação. A escola tinha uma pequena piscina externa (cheia de joaninhas) e um dia escorreguei e fui parar debaixo d'água. O que vi na sequência foi que estava deitada no chão do parquinho, olhando para um círculo de rostos. Houve alguma conversa sobre se minha mãe deveria ser chamada ou não, pois, afinal, eu quase tinha me afogado, mas no final foi decidido que não valia a pena incomodá-la. Aprendi, portanto, que a escola não era segura e que, mesmo se minha vida estivesse em perigo, não teria autorização para ir embora.

Agora, isto foi em meados dos anos 1990, no pequeno salão público do vilarejo. Não era exatamente glamoroso, mas eu me arrumei toda e minha mãe prendeu o meu cabelo. Cheguei lá e a música reverberou na minha cabeça e eu me senti muito mal. Conforme a noite passava, me senti cada vez pior até que me encontrei deitada em uma fileira de cadeiras com uma amiga mexendo em meu cabelo (uma técnica reconfortante surpreendentemente sofisticada para uma criança de seis anos). De repente, me sentei e vomitei por toda a minha roupa e no chão. Foi trágico, mas ninguém notou. Fui até um professor, com vômito por todo o vestido e pelo meu longo cabelo que chegava até meu quadril, e disse a ele que eu estava passando mal. Me levaram ao banheiro e tentaram me limpar, mas foi praticamente inútil. O salão público não tinha telefone, mas o prédio ao lado tinha. A festinha ainda duraria algumas horas, e nesse momento estava me sentindo muito mal e só queria ir para casa. Mas ninguém foi ao prédio ao lado telefonar para os meus pais. Ainda me lembro do meu pai aparecendo no carro e me perguntando como havia sido a festa, e eu no meu vestido manchado de vômito, chorando muito e dizendo a ele que eu estava enjoada.

Me lembro de como minha mãe ficou brava na escola, como ela entrou, e falou poucas e boas, e tenho certeza de que eles não esqueceram. Foi a primeira vez que ela interveio a meu favor pela escola não ter me deixado ir embora, infelizmente, não a última. Fiquei sem ir à escola pelo resto da semana com algum tipo de infecção. O que aprendi com isso é que, mesmo que estiver doente, não me permitirão ir para casa.

O que aprendi com todas essas três experiências foi que não me permitiriam ir para casa.

Gostaria de poder dizer que aqui termina a lição, mas infelizmente apenas começou, e ficou muito, muito pior à medida que eu fui ficando mais velha.

luta diária

não me peça para

me desculpar

por empatia —

eu não quero.

enquanto eu

perco

a batalha

a guerra continua

e eu sei disso

algum dia

essa será

a mais valiosa

das armas.

Uma pequena dose de empatia

2018

Há um engano comum de que as pessoas autistas não sentem empatia. Isso é bastante prejudicial e nos faz parecer sociopatas ou robôs insensíveis (sei que alguns programas de televisão não ajudam a melhorar essa opinião).

Me disseram que não posso ser autista porque amo minha família, que meu amor por eles mostra empatia, e isso é incompatível com um diagnóstico de autismo.

Isso está muito longe da verdade.

Como uma pessoa autista, não confio na linguagem corporal ou em expressões faciais do mesmo modo que uma pessoa neurotípica. Entretanto, estamos muito em sintonia com as emoções. O problema é um excesso, no mínimo, de empatia. Nós sentimos sua raiva, sua dor, sua tristeza. E consequentemente ficamos sobrecarregados emocionalmente, e não sabemos lidar com isso.

Pessoalmente, entro no "modo de consertar tudo". Por que você está chorando e o que posso fazer para você parar de chorar? Quem o deixou com raiva e o que posso fazer para você não ficar mais com raiva?

Me considero bastante sensível a extremos de emoção e muitas vezes isso será espelhado na pessoa que me mostrar esses sinais, às vezes criando situações muito instáveis à medida que refletimos um no outro.

Realmente acredito que as pessoas não entendem isso; só porque ficamos paralisados em torno de uma emoção não significa que não a sentimos, ou que não sabemos que você está sofrendo. Só não sabemos o que fazer com essa informação. O que é complicado.

Às vezes, vamos exagerar, como mencionei, com essa tentativa de consertar tudo. Eu percebi que, às vezes, as pessoas só querem alguém que as ouçam, sem agir imediatamente. Mas o desejo de impedir que a pessoa que amo sofra, esse continua.

Então não, não somos monstros insensíveis. Nós sentimos tanto, se não mais, do que você.

Nosso cérebro acha difícil lidar com isso. Pessoas autistas estão sobrecarregadas com tanto, o tempo todo, e isso também vale para as emoções.

Então, da próxima vez que você estiver chateado e uma pessoa autista não estiver se comportando como você deseja, não pense nela como indiferente. Em vez disso, perceba que ela está tentando descobrir a melhor forma de fazer você se sentir melhor, o mais rápido possível.

O começo de tudo

Final dos anos 90

Estou adiando escrever este capítulo. Eu parei de escrever ontem à noite e sabia que precisaria dar uma acelerada. Sabe, deste ponto em diante na minha vida, as coisas começaram a ficar muito ruins muito rapidamente, e ainda me incomoda muito lembrar disso. Existem certas pessoas sobre as quais eu sequer consigo pensar, quanto mais dizer seus nomes em voz alta, e ainda tenho recordações e pesadelos de algumas memórias específicas. Vou tentar deixar mais suave para você, mas é difícil quando sei o que vem pela frente e sobre o que tenho que escrever. Eu, de fato, não quero mesmo escrever isso, mas vou, porque pode haver alguém que você conheça ou alguém por aí que se reconheça em minhas palavras. Talvez isso seja catártico – eu espero.

Quando estava no segundo ano do Ensino Fundamental, nos mudamos para Gorleston, cidade em Norfolk, e comecei a estudar na Escola Primária Cliff Park. Me disseram que quando visitamos as escolas, preferi Cliff Park; era a melhor dentre as que visitamos. Várias vezes me pergunto se seria uma pessoa diferente hoje caso tivesse tomado outra decisão lá atrás.

É difícil se adaptar em uma turma quando o ano letivo já começou, mas encontrei pessoas a quem me liguei e consegui amigos rapidamente, embora isso significasse incomodar os grupos de amizades que já existiam, o que foi um ponto de discórdia nos anos seguintes. Por alguns meses tudo parecia bem, até que comecei a passar mal na escola.

Esta foi a primeira vez, embora não soubesse, que sofria de ansiedade.. Tinha sete anos e um vasto repertório de leitura; li os livros do *Bosque dos Vinténs*[3] e os livros de *Os Cinco*[4], adorava escrever e criar mundos e histórias. Estava indo bem na escola e não havia nada fora do comum.

Entretanto, comecei a me sentir mal o tempo todo por vários motivos. Vejo isso acontecer com minha sobrinha e meu sobrinho que, às vezes, dizem estar doentes, mas se você falar que tem sorvete, eles se recuperam milagrosamente. Entendo o porquê de não ter sido levada a sério. Todavia foi a maneira como eu reagi a isso que deve ter chamado a atenção.

Comecei a inclinar a cabeça para o lado, estalando o pescoço, na tentativa de afastar aquele mal-estar. Não sei por que fiz isso, só pensei, comigo mesma, que ajudaria. Andava assim, cabeça torta para um lado, me sentindo bastante enjoada pelo resto do ano. Acredito que naquele momento alguém deveria ter sinalizado que aquilo era incomum, porque as crianças normalmente não dedicam tanto tempo assim a uma "atuação ou tentativa de busca de atenção" por todo aquele tempo. Eu não sei – é difícil dizer.

Outra estranheza durante esse período foi minha recusa absoluta em comer o meu lanche na escola. Não era porque não gostava da comida (falarei sobre comida em um capítulo posterior) – eu simplesmente não conseguia comer com os outros alunos e me recusei a fazer isso. Chegou ao ponto em que as cozinheiras precisavam me monitorar e ficavam muito bravas comigo, me observando enquanto escolhia meus

---
3. *Os cinco* – coleção de livros de aventura e mistério, escrita por Enid Blyton e publicada entre 1942 e 1963.
4. Criado pela European Broadcasting Union com base nos livros de Colin Dann, publicados em 1979.

sanduíches. Por fim, tiveram que ligar para minha mãe e eu até falei com ela no telefone uma vez enquanto ela tentava me convencer a comer.

Nessa mesma época, meus problemas dentários também começaram. Eles ainda não tinham se tornado um grande problema, mas isso estava prestes a acontecer. Todos os jogadores no tabuleiro estavam alinhados – a ansiedade, o enjoo, os professores fingindo que não viam e a reação desproporcional às etapas naturais.

Foi no terceiro ano em que, no meu mundo, se iniciou um padrão de segurança que me manteria protegida pelo resto da minha permanência na escola e, na verdade, na faculdade.

Quando o terceiro ano começou, estava nervosa, porém tinha amigos e um professor razoavelmente bom. No primeiro semestre tudo correu muito bem; na verdade, nada a mencionar. Mas no dia em que retornei das férias, depois do primeiro semestre, me senti muito, muito enjoada. Eu estava sentada em uma reunião e, de repente, aconteceu. Vomitei (penso que em alguém também, nunca encontrei quem, então eu devo a alguém, em algum lugar, um pedido de desculpas).

Não me lembro da limpeza, nem de sair da sala de reunião. Só me lembro da minha mãe chegando com uma escova de dentes. Devo ter usado roupas sobressalentes em algum momento. Me assusta o quão vagamente me lembro desse primeiro incidente, entretanto lembro da minha mãe aparecendo. Ela me entregou minha escova de dentes e eu não queria escovar os dentes porque as pias eram devassadas, ou seja, visíveis por toda a turma e eu já estava envergonhada o suficiente. Perguntei se podia ir para casa.

Minha mãe disse que não.

Nunca perguntei a ela por que ela não deixou. Talvez ela já soubesse naquele momento que não era uma doença "de verdade", ou talvez ela apenas pensasse que eu ficaria bem depois de descarregar o que me incomodava. Desejava desesperadamente ir para casa – passar mal é traumático e eu achava que estava doente. Era muito nova para perceber que o meu cérebro e os meus pensamentos podem me deixar tão doente quanto ter uma dor de estômago.

De qualquer forma, não voltei para casa. Voltei à aula.

Mãe, sei que você está lendo isso, e me desculpe, mas foi naquele dia que eu entendi: *talvez a mamãe não vá, também, vir me salvar.* Enquanto criança, sua mãe é tudo para você, e a minha em particular, porque meu pai trabalhava o tempo todo para podermos viver e comer. Éramos extremamente próximas e ainda somos, mas isso me deixou abalada.

Escrevo agora com um nó na garganta. Não sei por que ela disse que eu não podia ir para casa. Tenho certeza de que ela teve seus motivos. Nos anos seguintes, porém, eu ouviria muito isso, tantas vezes que não dá nem para contar.

Agora, entendo que ela provavelmente estava tentando fazer o que era melhor para mim. Mas quando se é criança, como você lida com o fato de que a única pessoa que deveria protegê-la, não protege?

Perdi algo essencial aquele dia e minha ansiedade começou a me consumir. Saber que não poderia ir para casa, não poderia escapar, significava que, no começo, vomitava e me sentia mal ao final de cada semestre, mas no momento em que fui avançando pelo Ensino Fundamental, era ao final de cada fim de semana. E foi aí que as coisas começaram a ficar grotescas.

(Mãe, eu te amo e sei que você faria qualquer coisa para me proteger. Essa é uma representação dos meus sentimentos naquele momento. Sei que ler isso, provavelmente, vai deixá-la chateada, mas não quero dizer nada além da verdade neste livro. Esta é a coisa mais difícil que já tive que escrever e ainda não chegamos à pior parte. Vou abraçar você agora e pedir desculpas. Talvez chore um pouco. Está tudo bem, sobrevivemos a isso, não foi? Levou 20 anos para chegar lá, mas conseguimos.).

Ensino Fundamental

Final dos anos 1990

Comecei os últimos anos do Ensino Fundamental com todos os problemas adquiridos nos primeiros e com um novo – o bullying.

Até certo ponto, um nível de estranheza é aceitável quando se é criança. As crianças têm uma boa aceitação - não têm os mesmos preconceitos que os adultos e a mente é bem mais aberta. Mas, infelizmente, à medida que crescem, começam a absorver as opiniões do mundo ao redor, e aquilo que era diferente se torna inquietante e algo digno de zombaria.

Quando comecei o quarto ano, uma colega – que achava ser minha amiga – começou a praticar bullying comigo. Tínhamos participado do mesmo grupo de amigos no início do Fundamental. Porém não é esquisito ter consciência de que falam mal de você pelas costas e não saber o que falam?

Tive uma professora incrível no quarto ano, ela me colocou embaixo da sua asa e tentou absolutamente tudo comigo. Comecei a andar curvada, enrolada em mim mesma, e ela me mantinha na hora do almoço e dos intervalos, e às vezes até um pouco depois da aula, usando seu tempo para tentar me fazer ficar reta. Agora que cresci, entendo o conceito de culpar a vítima, e tenho certeza de que ela não estava fazendo isso conscientemente e não a culpo por seus esforços – ela estava, de fato, tentando me ajudar. Penso nela com muito carinho, e espero que ela leia isso e saiba que foi uma das melhores professoras que já tive, e definitivamente a que mais investiu em mim. Obrigada, Senhora C., você foi incrível, e ainda me lembro de sua regra de nunca usar a palavra "legal" para descrever qualquer coisa, nunca. É certo que comecei a escrever de verdade pela primeira vez no quarto ano e eu era muito boa nisso. Ela realmente me encorajou, e não acredito que você estaria lendo esse texto agora se eu não tivesse tido a sorte de tê-la como professora.

Eu sofria bullying e andava como um rato assustado esperando a raposa atacar: meu enjoo piorou sensivelmente, e agora estava obedecendo aos seus próprios caprichos. Vomitei no meio da aula, proferindo, depois, um pequeno "desculpe". Vomitei nas mãos da minha professora (imagino que ela nunca tenha me perdoado, e com razão, isso é simplesmente nojento). Parece que perdi mais tempo em um banheiro do que nas aulas. Outro lugar que se tornou muito familiar foi a "Secretaria", onde as secretárias ligavam para as mães caso alunos estivessem doentes. Passei muito tempo lá, aguardando e esperando para ser levada embora.

Nesta altura, minha mãe estava ciente de que não poderia vir me buscar a cada vez que eu vomitasse. Mas eu não entendia isso. Ficava sentada do lado de fora da secretaria por horas, observando os outros alunos irem para casa, e perguntando por que eu era diferente, por que estava doente e por que ninguém estava ajudando. As recepcionistas estavam fartas de mim, e com razão, deve ter sido muito chato mesmo para elas. Mas eu procurava dar uma escapadela. Todo esse procedimento passou pela minha cabeça, eu só estava tentando sobreviver em um mundo que parecia estar se tornando cada vez mais hostil.

O pior de todos eram os passeios da escola. Eles eram um gatilho instantâneo de ansiedade que me levaram a muitos vômitos. Isso foi quando os pais podiam acompanhar as viagens escolares, então tive sorte o suficiente pois minha mãe ou meu pai sempre se voluntariavam para ir (e que almas corajosas que eram). Meu pai, que Deus o abençoe, sempre adormecia na cadeira, enquanto eu mexia nas minhas pulseiras contra enjoo de viagem e tentava ignorar as outras crianças cujo enjoo era muito pior que o meu.

    A última coisa a se falar em relação ao quarto ano, e acho que muitas pessoas autistas e pais de autistas vão concordar, é a caligrafia. Bem, isso foi antes dos computadores. Não poderia usar um computador para digitar pelos próximos dois próximos anos, pois era algo muito novo. Imagino como é difícil qualquer jovem atual acreditar nisso, mas é o que tínhamos. Tivemos que aprender a escrever direitinho, porque essa era a única maneira de escrever – no papel, com uma caneta. Ou no meu caso, um lápis. Minha escola anterior tinha me ensinado a letra cursiva antes da letra de forma, então eu levava alguma vantagem. O único problema era que minha letra cursiva, e com certeza a minha letra de forma, eram tão ruins, que eu poderia me candidatar à Medicina apenas por isso. Para passar de lápis para caneta no caderno, você tinha que provar que a sua caligrafia era suficientemente boa. Eu assisti, durante todo o ano, as canetas sendo entregues aos meus colegas. Meu trabalho foi mais de uma vez considerado o pior da turma, um exemplo do que não fazer.

    Jamais cheguei a usar uma caneta. Até hoje, uso ilegalmente as esferográficas sem o consentimento da Senhora C. Tal situação me faz rir muito. Eu era a única, no último dia do quarto ano, ainda usando lápis. Não conte à polícia, não quero que o uso da minha caneta secreta me traga problemas.

    E sim, minha caligrafia ainda é terrível até hoje. Não sei segurar uma caneta corretamente, e as pessoas sempre apontam e comentam sobre o quanto acham estranho. Estou incluindo esse assunto porque sei que é uma das coisas que as pessoas autistas falam às vezes. Só quero que tenhamos um momento em que concordemos um com o outro e digamos "sim, eu também". Ou, talvez você tenha conseguido chegar a usar uma caneta. Se sim, qual foi o seu segredo?

A Tigela do Vômito

1999

Saí do quarto ano muito bem em termos de aprendizado, mas social e mentalmente com várias defasagens. Embora as provas me fizessem vomitar, também passei por elas com louvor. Entrar em uma nova turma significava mudar de lugar e fiquei sozinha, sem nenhum dos meus amigos. Mais pessoas foram entrando na onda do bullying, incluindo uma garota que parecia fazer disso a sua missão na vida, e que continuou até o fim do Ensino Médio. Adoraria contar o nome dela, mas não vou. Falarei mais sobre ela depois, porque sua última cartada foi um pouco bizarra. Estranhamente, há alguns anos, ela tentou me adicionar no Facebook. Devo admitir, às vezes eu realmente não entendo as pessoas.

Tenho adiado escrever esse capítulo, porque é muito pesado e muito triste. Sei que já houve tanto vômito neste livro que você provavelmente está se perguntando o quanto uma pessoa pode vomitar. Digamos que eu era muito, muito magra. Estava muito abaixo do peso quando cheguei ao quinto ano. Essa foi uma mudança dramática, já que na infância fui gordinha.

Parece até que rolou um aviso geral que o quinto ano seria aquele que eu vomitaria por tudo e por nada. No primeiro dia do ano letivo, o professor fez questão de me manter fora da sala de aula a maior parte do tempo, me mandando realizar tarefas e me mantendo ao alcance dos banheiros. Assim, começou meu indesejado e total desprestígio. Logo ficou claro que me mandar realizar tarefas e conhecer o caminho mais rápido para o banheiro mais próximo não foram suficientes, e assim começou a era da Tigela do Vômito.

A Tigela do Vômito era uma tigela usada para lavar coisas (do tipo que você conhece; toda casa tem uma). Chegava ao parquinho com ela apertada debaixo do braço e a colocava na minha mesa durante a aula.

Você deve estar se perguntando por que ninguém achou isso estranho. Eu também.

À medida que tudo isso se acumulava, quero deixar registrado que eu não tinha *qualquer* diagnóstico nesta fase. Não tinha sido testada para nada e ainda não entraria no CAMHS (*Child and Adolescent Mental Health Services*) durante o próximo ano. Me receitaram Diazepam, que eu tomava sem entender o que era (como você descreve ansiedade para uma criança?).

Você pode estar se perguntando por que não pesquisamos nós mesmos, enquanto família. Como mencionei anteriormente, isso foi em um momento anterior aos computadores e à internet. A única criança autista que minha mãe conheceu era não verbal e tinha muitas dificuldades completamente diferentes. Ela nunca imaginou que eu pudesse ser autista, isso nem era uma possibilidade. Sem esse conhecimento inicial, como poderíamos pesquisar algo? Nós éramos uma família de cinco, com meus irmãos mais novos crescendo normais e saudáveis, e eu era um enorme escoadouro de energia. O diretor da escola brincou que minha mãe deveria ter sua própria sala dentro da escola por causa do tanto de vezes que ia até lá para falar sobre mim.

Eu não era desobediente ou bagunceira. Na verdade, apesar de todas as limitações estava entre as primeiras em todas as turmas, e quando eu falava, parecia ser eloquente e madura. Também tímida, mas isso é muito comum nessa fase. Acho que foi isso que levou pessoas a acreditarem que meus sintomas eram a) inventados para receber atenção ou b) apenas uma fase. Entrar na escola já sabendo que passaria mal, que todos os professores, o diretor e as recepcionistas tinham certeza de que isso aconteceria, que estava me fechando em mim mesma e com dificuldades em fazer amigos, eram todos os sinais que deveriam ter sido notados por um médico. E é difícil compreender, agora, por que isso não aconteceu.

    A gente ia muito ao médico. Minha mãe começou, o que acredito que muitas mães de crianças autistas vão reconhecer, a ligar freneticamente para alguém que pudesse ajudar. Ela lutou por mim todos os dias, mesmo embora neste momento também estivesse extremamente mal e tivesse dois outros filhos para criar. Eu a fiz passar por tanta angústia, e deve ter sido a morte para ela saber que me buscar, provavelmente, seria a pior coisa que poderia fazer porque eu teria conseguido – minha sonhada escapadela e eu saberia que minha casa estava a apenas um telefonema de distância. Ela me contou o quão sofrido foi, e o quanto ela foi constantemente alertada sobre minha assiduidade e comportamento ruins. Não a culpo por nada. Ela tentou com todas as suas forças e assim continuou. Não tenho palavras suficientes para agradecer por tudo o que ela fez e pelas contas de telefone que ela pagou. A verdade é que, apesar de ela estar praticamente gritando, ninguém estava ouvindo.

Era digital

2000

O sexto ano começou com outra ótima professora – a Sra. M. – que também apoiou a minha escrita e me encorajou o tempo todo. Ela tinha um livro encapado com as melhores histórias escritas por seus alunos e, tenho que admitir, algumas vezes fui parar lá. Meu irmão e minha irmã também foram reconhecidos ao terem suas histórias adicionadas àquele mesmo livro. Anos depois, quando reencontrei a professora, ela se referiu como o livro da nossa família.

Foi muito bom ser elogiada pela minha escrita, mas, enquanto isso, todo o resto desmoronava. A Tigela do Vômito ainda era minha companheira constante. Mais uma vez, meu grupo de amigos foi separado e os amigos que eu tinha feito no ano anterior estavam em sua própria panelinha e fiquei sozinha.

Outra garota começou com um bullying intenso, junto com aquela garota que mencionei anteriormente. Sentia medo de ir para a escola e muitas vezes chorava depois de chegar em casa devido aos dias particularmente ruins. Minha mãe me acordava todas as manhãs e eu me deitava na cama rezando para que ela – de alguma forma – esquecesse, para que eu pudesse ficar segura em casa.

Houve uma salvação nesse sexto ano, no entanto: a sala de aula tinha um computador. Não tinha internet nem nada tão sofisticado assim: isso foi nos tempos da linha discada, quando se pagava por minuto e nossa escola definitivamente não poderia bancar. Mas havia um editor de textos. Era difícil disputar espaço para usar o computador, mas imediatamente consegui. Foi a primeira vez que percebi que tinha uma habilidade natural por tecnologia.

Naquele ano, ganhamos um computador em casa. Sei que custou uma quantia exorbitante, o tipo de preço que você pagaria por um computador para jogos de alta especificação hoje em dia, mas nele havia uma enciclopédia, alguns jogos, e se bem me lembro, um jogo de corrida de motos que nenhum de nós conseguia jogar sem bater na primeira volta. Também um editor de texto e, alguns meses depois, um roteador de linha discada.

O ping-bzzt-ting da linha discada vai ficar para sempre gravado nas memórias de muitos, e eu adorava. Pagávamos por minuto e tínhamos um limite mensal de 60 minutos, mas era uma abertura para um mundo inteiramente novo. Usei para ler, e explorar, e aprender. Isso despertou o interesse por design gráfico e criação de sites, e comecei a assimilar HTML e código CSS por conta própria.

Há alguns anos, não havia criadores de sites como há agora – tudo tinha que ser codificado à mão, geralmente no Bloco de Notas, e carregado muito, muito lentamente através do serviço de linha discada. Se eu disser as palavras "GeoCities" ou "Angelfire" para as crianças hoje em dia, eles não terão a menor ideia do que seja, mas, naquela época, isso era tudo para mim. Poderia escrever e publicar essa escrita em questão de minutos (relativamente falando), poderia encontrar textos de outras pessoas, compartilhar *links* e socializar sem estar cara a cara. Entrei na Neopets e, como era essencial que a página do seu animal de estimação ficasse bonita, aprender HTML e design gráfico tornou-se obrigatório.

Me expressar online tornou-se natural e, embora tivesse o hábito de compartilhar em excesso, isso significava que eu era capaz de falar sobre determinados assuntos que não conseguia falar com mais ninguém. Mesmo que estivesse gritando no vazio (afinal, eram tempos de *Ask Jeeves* – um tradutor de textos e documentos da época – então as condições de otimização do mecanismo de busca não eram exatamente extraordinárias) parecia significativo. Isso despertou um caso de amor com a internet que nunca passou. Para bem ou para mal, encontrei um santuário, um lar. A internet me ajudou a me sentir menos sozinha.

Foi nessa época que comecei a me isolar do mundo externo e parei de sair com minha família. Minha mãe se sentia de mãos atadas. Por um lado, ela estava em casa sozinha por conta própria, mas, por outro, eu era muito mais feliz assim. Se ela me levasse para sair, eu teria ficado triste e o dia teria se arrastado.

O isolamento é uma parte importante no autismo, e falarei sobre isso mais tarde, mas esse foi o momento que começou para mim. Eu não saía com amigos, e quando os familiares ou amigos da família vinham, ia para o meu quarto – as únicas pessoas que eu via eram minha mãe, meu pai, Rosie e Joe. Isso geraria consequências na minha vida mais tarde, durante os meus 20 anos, e tenho certeza de que esse foi o início da minha agorafobia.

Outra idiossincrasia que se iniciou durante esse período foi me recusar a jantar com minha família. Costumávamos fazer refeições em família e minha mãe adorava ter todos sentados e conversando, simplesmente aproveitando a companhia um do outro. Uma noite, após um dia brincando no jardim, estava sentada à mesa quando senti uma dor aguda no estômago. Nunca sentira nada parecido, e fiz menção de me levantar para poder ir até a cozinha contar à minha mãe, mas não cheguei até lá.

Quando dei por mim, estava em um carro de corrida atravessando o deserto, meu coração batia muito rápido. Tinha caído da cama.

Depois disso, ouvi vozes e estava escuro. Eles estavam me dizendo para me acalmar e tentar sair de baixo da mesa. Sofri um ataque e desmaiei. Minha mãe estava em pânico, e eu tremia muito. Fui ao hospital, me examinaram e disseram estar tudo bem. Mais tarde, imagens do cérebro mostraram que nada estava errado, e o médico me disse "todo mundo tem direito a um ataque inexplicável". Mas a experiência me marcou, e por medo de que se repetisse, parei de comer com minha família. Até hoje não como com eles. Consegui chegar ao ponto de comer alimentos básicos na frente de outras pessoas. Por alguma razão, me parece mais seguro comer sozinha, então mesmo que acontecesse de novo, ninguém veria e não seria tão ruim.

O medo ainda está lá e ainda é muito real.

Simplesmente não se consegue vencer a lógica do autismo.

E por falar em comida

2018

Minha dieta é muito limitada. Sempre foi. Fui chamada de muitas coisas – chata para comer, anoréxica – mas a verdade é que é uma característica do autismo.

Muitas pessoas autistas brigam com diferentes sabores e texturas. A rotina também é muito importante, e saber o que vai ter para o jantar, e quanto tempo vai demorar, é bastante reconfortante. Ter uma dieta limitada e comer a mesma coisa todos os dias gera essa tranquilidade.

Mas por outro lado, é muito, muito chato.

Não sei por que fico tão relutante em experimentar novos alimentos. Acho que tenho algum tipo de sexto sentido para saber se vou gostar ou não, e a resposta é quase sempre "não". O fato de ser vegetariana não ajuda e a maioria dos alimentos vegetarianos inclui, lógico, vegetais. Minha piada sobre ser um vegetariano que não gosta de frutas ou legumes é que eu debocho do escorbuto, mas sinto que talvez o escorbuto esteja rindo a longo prazo.

Para mim, um dia típico em termos de comida é assim:

Café da manhã: uma barra de chocolate aerado com leite e um copo de leite. Almoço: torrada (mas tem que ser de uma determinada marca, e torrada pelo tempo exato – tenho que comê-la dentro de um determinado período de tempo ou não como). Às vezes vou querer repetir, outras vezes quatro unidades. Jantar: lasanha.

Às vezes, se estiver com grana, peço de um restaurante chinês, mas o pedido é sempre o mesmo: macarrão frito (*chow mein* – macarrão chinês frito com legumes e às vezes carne e tofu) de cogumelos. Retiro os cogumelos, porque gosto deles apenas para dar sabor, pois imagino que comer cogumelos deve ser como comer lesmas.

Consequentemente, sempre fui muito magra e provavelmente não consumo calorias suficientes. Não me importo mesmo com as tais calorias. Não as conto. Há esperança, porém: depois de anos com 38 kg e sempre abaixo do peso, meu metabolismo finalmente desistiu do fantasma e ganhei 6 kg em um ano. O estranho, porém, é que quando fui ao meu cirurgião de escoliose e ele avaliou meus Raios-X, comentou sobre precisarmos falar da minha perda de peso. Isso foi confuso porque ganhei peso e realmente pesei o máximo que eu já havia pesado em qualquer fase da minha vida.

É muito, muito difícil introduzir novos alimentos na minha dieta, e tenho que fazer isso do meu jeito e com a condição de que ninguém fará nenhum comentário caso eu não goste. Ainda não consigo interromper minha rotina diária, mas se há pizza de queijo e tomate sobrando, posso comer uma fatia, ou se houver sorvete no congelador, desde que seja de baunilha ou de baunilha com chocolate, aí tem chance!

Não sei o que sugerir para aqueles que procuram respostas para problemas semelhantes. Tente encontrar alimentos parecidos com aqueles que você já gosta. Às vezes vou ao site de entrega do meu supermercado preferido e passo simplesmente uma hora olhando alguma novidade e o que poderia experimentar. De certa forma, você só precisa ir em frente e ter coragem (e um copo de água à mão caso não goste). Não se considere um fracasso se você não conseguir lidar com a textura ou com o sabor de algo, apenas assinale como algo que "bem, pelo menos eu tentei". Você pode encontrar algo de que gosta.

  Para os pais de crianças autistas que lutam desesperadamente com as refeições, vocês têm a minha mais profunda simpatia. O melhor que podem fazer é evitar forçar o assunto, isso só vai gerar ressentimento e medo. Deixe seu filho se movimentar no seu próprio ritmo, e se eles mostrarem interesse em algo que você esteja comendo (olhando enquanto você come, ou dizendo que cheira bem, por exemplo), talvez vocês possam oferecer um pouco a eles. Não faça disso uma grande coisa, trate apenas como a coisa mais chata e normal do mundo. Se você está preocupado com perdas nutricionais, ofereça vitaminas. Aliás, pessoas autistas aí lendo isso, tomem suas vitaminas! Apesar do que disse antes, seria muito, muito ruim ter escorbuto. Quero dizer, seria uma grande anedota, mas os sintomas são simplesmente horríveis. Tomem vitamina C.

  Percorri um longo caminho com meus hábitos alimentares de uma forma ou de outra. As texturas ainda me incomodam muito, assim como os "pedaços", por exemplo, no suco de laranja, e nunca vou comer nada picante ou beber nada com gás, mas posso ir até o meu supermercado preferido depois de procurar coisas online e, depois, na privacidade do meu quarto, tentar provar um novo alimento.

  Se você estiver entediado o bastante, experimentará coisas novas.

  Ou, se você for como eu, e for amaldiçoada com um azar muito estranho, o supermercado vai parar de oferecer o que você tem se alimentado pelos últimos dois anos e você terá que encontrar algo novo. Descanse em paz, lasanha vegetariana daquela marca, você era um deus dentre os alimentos e a sua substituta nunca chegará aos seus pés. Eu poderia ter chorado quando saíram de produção. Ainda sinto falta delas até hoje. Se você puder fazer uma pausa e um minuto de silêncio por essa perda, eu agradeceria muito. Obrigada.

Asquerosa

2001

O sétimo ano começou com uma professora que eu particularmente não chamaria de atenciosa ou cordial. Ela gostava de zombar dos alunos e humilhar as pessoas, e em uma ocasião em que não estava em sala, ela fez a chamada e uma piada com o meu sobrenome, que só descobri por que meus amigos me contaram depois. Minha mãe foi à escola (eu estava sofrendo bullying o bastante sem a participação dos professores). Ela negou veementemente, e foi só porque meu amigo estava ao meu lado e me apoiou que ela admitiu o que tinha feito. Em mais de uma ocasião ela me expôs para a turma com uma atividade que não fiz adequadamente – por não cortar algo direito ou não colorir alguma coisa com nitidez suficiente.

Apesar dela, porém, o sétimo ano não foi ruim. Foi o meu último ano daquele ciclo de estudos e compartilhei uma mesa com três pessoas bem diferentes, mas éramos unidos como grupo, e eu me aproximei particularmente de um rapaz, por quem logo percebi que tinha um *crush*.

Desde então, aprendi que vou com tudo quando me apaixono – e essa não foi exceção. E também descobri que, às vezes, se tiver muita sorte, as pessoas vão gostar de mim, e dessa vez, ele gostou. Teve aquela pergunta sobre querer ser namorada dele – bem melhor que qualquer paquera pelo Tinder e supostamente começar a namorar.

E minha ponderação disparou como se não houvesse amanhã. Tratei de evitá-lo e não trocava uma palavra com ele. Minha ansiedade ultrapassou o teto e ficava todos os dias do lado de fora da secretaria.

Meus outros amigos se encarregaram de nos trancar no galpão de bicicletas juntos depois da escola e não nos deixaram sair até que nos beijássemos. Felizmente, depois de muito implorar, nos soltaram sem que precisássemos do beijo.

Alguns dias depois nos separamos. Foi breve e aterrorizante, e nós nem tínhamos dado as mãos, porém ainda gostava dele, mas não conseguia lidar com a "responsabilidade", por assim dizer, de um relacionamento. E sim, estava levando isso muito a sério para um relacionamento do sétimo ano, mas sou assim. Continuamos amigos ainda assim, até o Ensino Médio e a faculdade, quando ele se assumiu gay – assim como quase todo o meu grupo de amigos daquela época. É verdade o que dizem – nós andamos em bandos!

A garota que mencionei antes continuou com o bullying pra valer e fez disso a sua missão de vida na escola, me insultando toda vez que passava por mim no corredor. Seu xingamento favorito era "asquerosa". Eu não sabia o que isso significava na época, só sabia que doía e não conseguia entender por que ela fazia isso comigo. Eu ainda não entendo – sempre tentei ser legal com ela e isso não fazia nenhum sentido. A única coisa que consigo imaginar é que ela tinha seus próprios problemas. No Ensino Médio, descobri que eu não era o único alvo dela, mas isso não justifica. Doeu e acho que não saber por que ela agia daquela forma comigo piorava a situação.

O jogo "As cartas de Pokémon" estava em alta naquela época, mas foi proibido na minha escola. Tinha um professor de ciências de quem eu gostava muito chamado Sr. P. e eu perguntei, educadamente, a ele se poderíamos começar um Clube de Pokémon, em que as cartas de Pokémon fossem permitidas (um dos meus amigos teve a sorte de ter conexões familiares que lhe permitiam obter cartas japonesas), e podíamos assistir aos episódios gravados do programa de TV. O Clube de Pokémon estava indo bem, até que um dia cheguei cedo para ver os dois meninos encarregados de vigiar a sala na hora do almoço vasculhando os meus cartões, que eu tinha guardado por segurança na gaveta da mesa do professor. Minha ansiedade me paralisou, impedindo de dizer ou fazer qualquer coisa, porém mais tarde, depois da hora do almoço, descobri que minha carta "Charizard brilhante" havia sumido. Sabia com quem estava e o professor também, mas devido às cartas de Pokémon terem sido proibidas, não havia recurso, nada que pudéssemos fazer. Fiquei arrasada. Naquela época, o "Charizard" era a carta mais rara, e, sim, eu não deveria tê-la levado para a escola, mas sempre fui muito ingênua e acreditava que as pessoas com boa reputação fariam o certo e me protegeriam, apesar das minhas experiências anteriores. Tais ilusões seriam totalmente destruídas no Ensino Médio, mas minha mãe me criou para respeitar os mais velhos e assim foi. Foi difícil descobrir que havia sido roubada e, apesar do culpado ser óbvio, nada poder ser feito.

  O último dia de aula foi um dia feliz. Minha mãe me contou que no Ensino Médio seria diferente, as pessoas seriam mais maduras e tudo correria melhor para mim. Também ouvi isso sobre a faculdade, com o acréscimo de que as pessoas estariam lá para aprender em vez de zombar.

  Peguei uma câmera descartável e fotografei muitas pessoas que, olhando para trás agora, parecem surpreendentemente jovens. Nem acredito que éramos tão jovens, mas é verdade. Tinha um livro de autógrafos e pedi a todos na minha turma que o assinassem – isso foi antes dos anuários serem mais populares, assim quase todo mundo tinha um. Meu professor de arte escreveu que eu deveria continuar a desenhar. Minha professora do sexto ano também escreveu algo adorável. Nele havia apenas um comentário realmente negativo, certamente em tom de brincadeira, mas doeu ainda assim, e olhando agora, foi de um terrível pré-conceito: um puxa-saco de um amigo escreveu que eu deveria buscar ajuda para minha saúde mental, ou algo do tipo. Acho que a ordem estava errada, porque eu não acho que ele quis dizer isso em um tom de conselho, mas sim, como ele muitas vezes deixou claro para mim, que eu tinha algum tipo de loucura.

Desde então queimei o livro de autógrafos, junto com o meu anuário e o planejador do Ensino Médio. Ainda tenho as fotos em algum lugar, mas não gosto de olhar para elas. É como olhar para Roma antes da queda. Estava na beira do precipício e nem saquei. Considerando tudo pelo qual já havia lutado, estava prestes a ficar muito pior, e apesar do que minha mãe havia prometido, o Ensino Médio não seria melhor.

sob a luz amarela cintilante
deixe queimar tudo
até a porra do chão e comece de novo
com o que restou

pinte o seu rosto
com as cinzas
de quem você costumava ser
e mostre os dentes
diante da escuridão

quando você sentir
o estalo do osso quebrando
sob seu punho fechado
lembre-se de que eles fizeram isso com você
sorria porque eles queriam um monstro

e você deu um a eles

o sangue não parece preto ao luar
ele tem um brilho vermelho
e não há vergonha em olhar de novo
porque é lindo de se ver

e quando você o limpa de seus dedos
na pia
de algum posto de combustível 24 horas
e ele deixa a água rosada
e quando você percebe a si mesma de relance
no espelho sob a luz amarela cintilante
cicatrizes invisíveis pulsando sob sua pele
morda os lábios rachados
e tente acreditar que você reconhece o reflexo
veterano de mil guerras
esvaziado diariamente
até que tudo o que restou foi um tipo de criatura mercenária
de sorriso feroz e olhos selvagens
lembre-se de que foi assim que eles te moldaram
alguma coisa meio louca
não mais se assusta

você é um acerto de contas

Ensino Médio parte I

2002-2003

Não quero escrever sobre o Ensino Médio. Não quero mesmo, de verdade. Esse é o período mais difícil que terei de escrever, e meu estômago está remexendo, minha vontade é de fechar este arquivo e fugir, abandonar todo o projeto. Estou assustada. Faz 13 anos que larguei tudo e ainda me sinto muito assustada. Só quero chorar. Então me desculpe se isso lhe parecer um pouco desconexo, um pouco sentimental e às vezes não fizer sentido. De tudo o que vou falar aqui, esses capítulos serão os mais difíceis, e acho que agora estou me preparando mentalmente para isso. Ok, então vamos.

Quando comecei o Ensino Médio, já estava no CAMHS (*Child and Adolescent Mental Health Services*) há alguns anos. Ainda vomitava com frequência e as sessões de psicoterapia não ajudavam. Ainda usava Diazepam quando necessário, e não tinha visto ninguém durante o verão. Passei meu tempo online, no meu quarto. Tinha certeza, porém, de que o Ensino Médio seria melhor. Tinha que ser, certo?

Quero reforçar que ainda não havia diagnóstico nesta época. Fui lutando muito com a dificuldade do contato visual e com meus dentes, a resposta foi me forçar a fazer contato visual e me forçar a ler um livro horroroso sobre dentes do qual ainda me lembro bem. Me recomendaram assistir a *O Clube dos Cinco*, filme que amo atualmente sobre um grupo de estudantes do Ensino Médio de diferentes panelinhas que juntos foram presos e encontraram um ponto em comum, mas estou feliz por não ter seguido esse conselho, porque saber que "no fundo somos todos iguais" teria sido brutal, já que significaria que essas pessoas fundamentalmente boas, tanto alunos quanto professores, estavam sendo cruéis quando havia a opção de não serem. Sofri muito com as visitas aos psiquiatras e psicólogos, porque eles pareciam não me entender. Li alguns registros médicos sobre mim, agora sei que me descreveram como tendo "uma crise de adolescente" – Mas que raios isso significa?

No primeiro dia do Ensino Médio, cheguei e descobri que tinha sido colocada em uma sala sem nenhum dos meus amigos. Antes de eu entrar na escola, todos tivemos de escrever o nome de três pessoas com quem gostaríamos de estar na sala. O Ensino Médio juntou várias escolas diferentes e, pela primeira vez, nem todo mundo conhecia todo mundo. Subi três lances de escada para minha nova sala e me vi cercada por estranhos. Passei por aquele primeiro dia em um torpor bizarro, indo para aulas e sentando onde desse, apenas seguindo o fluxo.

Cheguei em casa naquela noite e depois de chorar por muito tempo com minha mãe, ela me disse que iria dar um jeito nisso – e ela deu. No dia seguinte me transferiram para um nova sala com uma das minhas melhores amigas do Ensino Fundamental, uma garota que conhecia e com quem, aliás, iria fugir algumas vezes naquele ano. Muitas vezes olho para trás para esta intervenção, e o empurrão que o destino me deu, e fico admirada. A professora tinha a fama de lidar bem com estudantes problemáticos, os preguiçosos, os de baixo desempenho e afins. Não consigo nem pensar no nome dela agora sem minha cabeça se encher de barulho. Não posso nem dizer a inicial do nome dela. A encontro em meus pesadelos, em minhas lembranças. Mas na época, ela parecia o tipo de mulher que não faria mal a uma mosca, baixinha e simpática, acolhedora e enganosamente agradável. Ela prometeu cuidar de mim.

Eu me adaptei à minha nova turma e tive sorte, fui parar em uma mesa com um grupo incrível de pessoas. Nos identificamos rapidamente e minha melhor amiga de infância do Ensino Fundamental se sentou ao meu lado, aquela que, sem querer, causou o conflito que levou ao meu primeiro bullying. A mesa era de seis pessoas e nos encontramos em nossas diversas aulas, tornando-nos amigos de verdade. Funcionamos bem como um grupo coeso. Em pares, tínhamos pouco em comum, mas quando estávamos juntos alguma coisa acontecia e aquela sensação rara de pertencimento, sem exigências ou expectativas. Foi bom – e me lembro de um Natal em que todos decidimos trocar presentes. Na verdade, essa é a minha melhor lembrança do Ensino Médio (não que haja muitas), mas era quando você podia ir até a cidade com pouco dinheiro e voltar para casa com troco, e assim com um pouco de dinheiro todos nós compramos e embrulhamos presentes, os carregamos para a escola e os abrimos antes da primeira aula do dia. Estávamos agitados e fazendo muita barulheira, nos divertindo animadamente com os novos presentes, agradecendo uns aos outros e percebendo os olhares ciumentos das mesas em volta de nós. A professora logo interveio e nos disse para colocar imediatamente tudo de lado. A leveza caiu como uma pedra, mas por aqueles poucos minutos, me senti verdadeiramente feliz e pertencendo a um grupo.

Tive um professor incrível de Inglês, embora meio bizarro, que me escolheu como a escritora mais talentosa da turma (infelizmente, na frente da turma, o que não me ajudou nada), e me encorajou muito. Ele também foi imprudente por falar sobre o *Relógio do Juízo Final*[5] sem contexto, explicando

---

5. Há 75 anos, os cientistas responsáveis pelo Relógio do Juízo Final publicam, no *Bulletin of the Atomic Scientists* ("Boletim dos Cientistas Atômicos", em tradução livre), sua conclusão anual de quanto tempo falta

que estávamos a cinco minutos da meia-noite da aniquilação nuclear. Ele também nos mostrou a animação de *Quando o vento sopra*, a história de um casal de velhos seguindo os conselhos do governo e tentando se salvar de uma bomba nuclear, apenas para morrer lentamente por contaminação radioativa. Voltei aflita para casa naquela noite, certa de que à meia-noite a bomba cairia e eu morreria.

Muitos pais reclamaram, e o professor, alguns dias depois, pediu desculpas. Ele era estranho, e desapareceu para viver em um barco na costa da Austrália no final do ano.

Academicamente, eu ia muito bem. Estava entre as melhores em todas as disciplinas, e nas reuniões de pais e boletins sempre havia apenas uma reclamação – que eu deveria falar mais em sala de aula. No entanto, havia um fantasma pairando sobre mim – minha frequência. Como caiu para abaixo de 90%, minha mãe era chamada toda vez, a ponto de haver consequências o fato de ela ter problemas por não me levar para a escola. Embora eu passasse todas as manhãs esperando que ela se esquecesse de me acordar, e até embora eu passasse pelo menos um dia por semana acampada no lado de fora da secretaria implorando para ir para casa, eu estava presa na escola, vomitando meu café da manhã e passando meu tempo na aula tentando desesperadamente não desmaiar ou dissociar (falarei sobre isso mais tarde).

Ficou decidido que minha mãe deixaria a decisão de eu ir para casa ou não com a coordenadora responsável por mim. Eu estava agora completamente à mercê de uma mulher com um poder imenso sobre mim, que não me conhecia como

---

para que os ponteiros do Relógio do Juízo Final indiquem meia-noite. Todos os anos, o anúncio destaca a complexa teia de riscos catastróficos enfrentados pela humanidade, incluindo armas de destruição em massa, colapsos ambientais e tecnologias problemáticas.(www.bbc.com) 1/9/2022

minha mãe – e não poderia imaginar os danos que ela acabaria causando à minha saúde mental a longo prazo.

Foi a pior decisão que minha mãe poderia ter tomado, mas a única possível. Não a culpo, embora eu tenha feito isso naquela época. Não conseguia entender por que ela havia parado de me salvar. Ela sempre foi o meu "porto seguro", e de repente não podia correr para ela. Enquanto eu saía das salas de aula para vomitar, e tremia, e perdia a noção ao meu redor, na sala de aula, parecia que estava no corredor da morte, mas sem a chance de um último pedido. Todos os dias parecia que eu estava andando os últimos poucos metros até a cadeira elétrica. Me tornei mais e mais introspectiva, e todos os meus sintomas aumentaram a um ponto em que ficaram no limite do incontrolável. Minha mãe me disse depois que ela havia verificado o ensino à distância, mas essa simplesmente não era uma opção.

Eu queria fugir. Não queria seguir em frente. Pela primeira vez, eu queria mesmo morrer.

No final do nono ano, fomos informados de que a escola introduziria um sistema de educação em casa (o que conhecemos como *homeschooling*), e em vez de ter um grupo daquele ano em cada sala, os grupos dos quatro anos seriam misturados, o que significava que todos seriam divididos e reorganizados. Enquanto estava sentada naquela reunião, senti uma pontada no estômago. Estava prestes a perder os amigos que tinha feito, no momento em que mais precisava deles. A professora me chamou no canto depois e me disse que tinha visto minha expressão se transformar com a notícia. Não sei por qual motivo ela me disse isso... talvez ela tenha achado engraçado.

De qualquer forma, a escola estava prestes a ficar ainda mais solitária, e minha ansiedade estava indo para as alturas.

Ensino Médio parte II

2003-2005

É no décimo ano que se começa a estudar para os GCSEs[6], e eu escolhi as matérias com base no fato de gostar delas ou não, sem realmente pensar em qualquer coisa além do presente. Queria ser escritora quando crescesse, mas realmente não tinha planos sólidos. Presumi que a faculdade daria sequência ao Ensino Médio e depois à universidade – tinha grandes objetivos de ir para Oxford ou Cambridge, fui apresentada a Stephen Fry[7] na infância, e saber que ele é de Norfolk, e se deu tão bem na vida, me fez acreditar que eu também poderia. Já havia trabalhado meu sotaque interiorano natural de Norfolk para ter uma fala mais parecida com a dele, e sim, ele era o meu ídolo, a pessoa que eu sabia que seria quando crescesse. Bem-sucedida, morando em Londres e escrevendo livros brilhantes.

As disciplinas que escolhi além das obrigatórias foram Comunicação, Arte, História e Processos Têxteis. Só escolhi Processos Têxteis porque uma disciplina de Design e Tecnologia era obrigatória. Quem a ministrava era a professora que me atormentava há dois anos, e ainda assim, eu continuava a acreditar que ela tinha a melhor das intenções. É difícil explicar que, quando criança, era incrivelmente ingênua em muitas coisas e muito ruim em sacar as pessoas. Quando ela era cruel, acreditava que ela estava sendo gentil. Quando ela apontou os meus defeitos, me esforcei para corrigi-los. Não percebi que talvez fosse, apenas, crueldade

---

6. GCSE: General Certificate of Secondary Education.
7. Ator, diretor, escritor e comediante inglês.

mesmo. Ainda confiava em figuras de autoridade, porque certamente, não *poderiam* ser figuras de autoridade se fossem os vilões, certo?

Eu escolhi História porque as disciplinas oferecidas pareciam absolutamente fascinantes – história da Medicina, o oeste americano, ações policiais durante o reinado de terror de Jack, o Estripador, e a Guerra do Vietnã. Como começamos pela história da Medicina, História rapidamente se tornou minha favorita e fiquei fascinada por tudo que se relacionasse à história da Medicina, do macabro ao absolutamente brilhante. Gostei muito do professor também, o Sr. H., ele era empolgado e ao mesmo tempo amargo e cínico. Não tolerava os tolos de bom grado, mas tinha tempo para aqueles que se esforçavam. Anos mais tarde escreveria uma carta para ele em agradecimento por ter me ensinado, e embora nunca tenha respondido, gosto de pensar que isso significou algo para ele.

Ainda sou apaixonada pela história da Medicina, e leio sobre o assunto o máximo que posso, além de assistir a todo e qualquer documentário sobre o tema. Minha busca por conhecimento se expandiu para a Medicina moderna também e os avanços incríveis que fizemos, mas minha compreensão de como era a Medicina primitiva e o progresso, que fizemos somente nos últimos cem anos, me traz uma perspectiva enorme e me deixa continuamente maravilhada com os cientistas, médicos e cirurgiões. Meu irmão é médico residente e muitas vezes sugo dele o máximo de informações que pode me dar sobre a sua experiência. Ele tem muito cuidado para não infringir o sigilo da relação médico-paciente, então não consigo obter muito dele, mas ele é sempre uma fonte de conhecimento sobre as últimas descobertas e averiguações sobre serem fatos ou ficção. A Guerra do Vietnã foi outro assunto que me surpreendeu. A brutalidade e o intervencionismo americano e as táticas de guerrilha do Viet Minh me surpreenderam, e ainda descobri que posso aplicar muito do que aprendi à política atual.

Tive também um professor de Inglês incrível, animado e empolgado com o assunto. Ele lia em voz alta, imitava todas as vozes e nos desafiava a pensar fora da caixa. Ele me estimulou a escrever mais e me chamou de a aluna mais modesta da turma, o que realmente não entendi na época, e ao mencionar agora, eu meio que estraguei isso. Conheci-o anos mais tarde, quando terminei um texto que esperava que se tornasse um livro e pedi a ele que o lesse. Minhas ilusões desapareceram. Eu entendi totalmente a frase "nunca conheça seus heróis" pela primeira vez (embora, desde então, tenha conhecido outros heróis e eles tenham sido incríveis, portanto, os termos e condições se aplicam). Ele me contou o quanto odiava ser professor e como o meu livro nunca seria publicado porque "zumbis saíram de moda" (era um livro sobre vampiros, mas tudo bem). Fiquei dilacerada.

Comunicação foi outra disciplina em que me saí bem. Na verdade, eu passei por ela, quase sem nenhum esforço e ainda obtendo a nota mais alta da turma. Fiz um amigo lá, um menino grunge que me apresentou à banda Nirvana, e me ajudou a aprender mais sobre as músicas que simplesmente não se ouviam no rádio. Eu já tinha explorado essa área e tendo um pai como músico significava que tinha sido exposta a muito mais música enquanto crescia do que a maioria, mas rock e música alternativa eram algo novo e excitante, e esses cantores eram revoltados, magoados e sinceros. Me senti em casa, e o fato de Kurt Cobain já estar morto há muito tempo partiu meu coração. Ouvia a música dele por horas a fio e tentava reproduzir suas músicas escrevendo. Tive uma guitarra elétrica, mas, de fato, não era boa nos acordes, nem sabia ler música. Mesmo agora, ainda pego uma guitarra de vez em quando. Adoro a ideia de fazer música e escrever canções, mas minhas mãos não são feitas para tocar guitarra. Meu pai é legal o suficiente para me deixar cantar com ele às vezes, e é sempre uma experiência muito divertida. Eu canto e danço com minha sobrinha e sobrinhos sem medo de ser julgada. Mas, como eu estava dizendo antes de sair pela tangente, descobri o rock, e foi incrível.

Músicos de rock foram as primeiras pessoas tatuadas de sucesso que eu vi. Minha mãe tinha uma tatuagem, as iniciais da família no pulso, mas fora isso parecia uma cultura à qual eu não poderia pertencer. Os membros de uma banda em particular, Good Charlotte, tinham os corpos cobertos da cabeça aos pés. Algo em minha cabeça mudou naquele momento e eu comecei a contagem regressiva para o meu décimo oitavo aniversário.

Enquanto isso, passava cada vez mais tempo do lado de fora da secretaria pedindo para ir para casa, apenas para ser direcionada à minha coordenadora e ouvir que eu não podia ir embora. Voltava para a aula chorando e percebia que outros professores se solidarizavam comigo, mas não havia nada que pudessem fazer. Havia um hierarquia rígida, e eles não podiam (ou não iriam) se rebelar contra. Minhas notas começaram a cair drasticamente e não conseguia me concentrar na aula toda. Minhas redações ainda recebiam notas altas, mas me saía mal em qualquer coisa que tivesse ser realizada durante o horário escolar. O ponto de inflexão foram meus simulados dos GCSEs. Passei tão mal de ansiedade na manhã em que ocorreram que nem consegui entrar, mas minha coordenadora ligou para minha mãe e com raiva explicou que era obrigatório; então, com a sensação de que estava morrendo, comecei meu simulado de Matemática, e olhei para as perguntas sem entender. Tive um professor de Matemática muito ruim nos últimos dois anos, que desaparecia para tomar café durante metade da aula e que não se importava em realmente ensinar, apenas deixando que nós aprendêssemos pelos livros e tentássemos resolver problemas sem nenhum conhecimento das técnicas necessárias. Respondi as primeiras quatro perguntas antes de desistir. Não consegui passar nesta prova. Fiquei o restante do tempo rabiscando nos espaços em branco e na minha mesa. O mesmo aconteceu com minhas provas de Estatística, Biologia e Física.

Saber dos resultados foi um verdadeiro desgosto não apenas para mim, mas provavelmente também para os meus pais. Meu professor de História, sempre gentil comigo, me chamou no canto e me disse que eu tinha tirado um D na prova, e que não havia jeito de eu passar no GCSE. O chefe do departamento de Matemática me pediu educadamente para me retirar da sala da prova de Estatística e dar uma chance a outra pessoa, porque eu havia tido a segunda pontuação mais baixa da turma. Minha professora de Ciências, uma mulher horrível, não fez nenhum esforço para me orientar ou tentar melhorar meu trabalho. Ela me desprezou, e eu a ela, ela me via como relapsa e preguiçosa, e eu sentia medo dela. Desisti até mesmo de tentar aprender durante as aulas, em vez de deixar a ansiedade tomar contar e apenas esperei que acabasse.

A menina do bullying, de tão adorável que era, finalmente se mostrou de um jeito que não dava mais para ignorar, e na frente das recepcionistas da escola, levou o seu puxa-saco para pegar minhas mãos por trás enquanto ela gritava palavras abusivas na minha cara. Naquela noite voltei para casa e contei para a minha mãe, e a menina e o puxa-saco foram suspensos. De outras pessoas que também sofriam bullying por parte dela, recebi acenos de aprovação.

De pessoas que eu não esperava, recebi vaias intimidadoras e me disseram que eu tinha inventado tudo. Mas quando ela voltou, não me incomodou mais.

  A melhor de todas as disciplinas da escola, Educação Física (EF) foi outra disciplina difícil para mim. Eu, como muitas outras pessoas autistas, possuo uma coordenação muito deficiente, algo comprovado pelo fato de que demorei muito, muito tempo para aprender a andar de bicicleta. Além disso, estava muito fora de forma, e as aulas não se concentravam em trabalhar isso. Ao contrário, parecia que cada uma era apenas um exercício de humilhação para aqueles de nós que não estavam dentre os poucos da elite que conseguiam pegar uma bola ou correr bem rápido. Minha ansiedade disparou (ainda mais) nos dias em que tinha EF, a ponto de minha psiquiatra ter que redigir um laudo e me dispensar inteiramente das aulas. Foi um alívio maravilhoso, e um pequeno vislumbre de esperança em um mundo cada vez mais sombrio. Infelizmente, isso significava passar o tempo que eu estaria na EF com minha coordenadora que, depois de uma experiência traumática nas férias, parecia... diferente. Mais vingativa, mais irritada comigo. Ela tentou me forçar a comer, me repreendia pelas menores coisas. Me chamou de manipuladora em mais de uma ocasião, e depois de um ataque de pânico em que me largou encolhida em seu gabinete, ela me chamou de "menininha triste sem amigos".

  Era o Dia da Gincana Esportiva e estava gripada pela primeira vez na vida. Me senti absolutamente péssima, minha cabeça estava cheia do pior tipo de gosma e eu só queria dormir ou gostosamente entrar em coma até me sentir melhor novamente. Mas tinha que ir para a escola; minha mãe me levou e me deixou com uma garrafa de água gelada. Acho que eu parecia mesmo estar doente porque, em menos de uma hora, a recepcionista nem consultou minha coordenadora antes de ligar minha mãe para pedir que ela fosse me buscar. Chegamos em casa e, novamente, um tempinho depois, minha mãe recebeu um telefonema irritado da minha coordenadora exigindo a "volta para a escola imediatamente" e a minha participação. Segurando a minha água gelada, agora já um pouco suada, fui levada de volta à escola, onde, de uniforme escolar completo, fui obrigada a sentar no asfalto congelante do parquinho e a assistir as pessoas jogando *netball*. Novamente, devo ter parecido muito doente, porque perguntei se podia ir à secretaria e ir para casa (me lembro de me sentir como se fosse morrer). Não tinha muita esperança, mas fui enviada para a secretaria e a recepcionista teve que se arrastar pelo campo de jogo enlameado em seus saltos (*ótimo*, pensei comigo mesma, tomara fique *com seus pés todos enlameados*) até onde estava minha coordenadora opinando sobre alguma partida ou outra. Imagino que, irritada comigo e sem tempo para fazer qualquer outra coisa, ela permitiu que eu fosse mandada para casa. Minha mãe foi chamada novamente, e ela chegou logo. Ela me disse para ir para o carro e voltou à secretaria. Ela nunca me contou exatamente o que falou para a recepcionista, por me arrastar para dentro e para fora da escola duas vezes em um dia, mas sei que estava longe de ser algum elogio. A situação estava ficando séria, e acho que minha mãe estava chegando ao seu limite. Passei os próximos dias sem ir à escola fungando e sentindo muita pena de mim mesma.

Uma vez, depois da última aula, estava na sala de aula da minha coordenadora com meus amigos, arrumando as coisas para ir para casa quando pensei ter ouvido ela dizer algo para mim. Eu não entendi, e quando olhei em volta ela tinha ido embora até a sala de aula ao lado. Olhei para meus amigos e eles também não entenderam; então, deixei para lá e fui para casa.

Quando cheguei em casa, fui recebida por minha mãe com muita raiva, porque tinha recebido um telefonema da coordenação dizendo que eu ignorei deliberadamente o pedido para desmontar uma tábua de passar e saí da sala de aula rindo. Expliquei que não a tinha ouvido, e que mesmo se tivesse, não fazia a mínima ideia de como desmontar uma tábua de passar (*millennials*, não é?). Minha mãe ficou menos zangada, mas eu ainda fui obrigada a escrever uma carta de desculpas à coordenadora; embora, a meu ver, eu não tivesse feito nada errado.

As coisas estavam chegando ao auge, e conforme os últimos meses do décimo primeiro ano se aproximaram, tudo desmoronou espetacularmente.

fantasmas

Há vários fantasmas na minha cabeça. Eu os carrego comigo aonde quer que eu vá, o vento sussurra vozes me dizendo para escovar os dentes ou parar de contar mentiras. Eles me tratam como uma criança e eu enterro minha cabeça debaixo do edredom para me esconder deles. Porque se eles não podem te ver, não estão lá de verdade, saca? Exceto pelo fato de que eles estão sempre lá e eu estou onde eles estão. Estou há dez anos, estou há vinte anos, estou presa no gelo e observando enquanto minha respiração embaça outra memória. Como alguém pode sobreviver ao rasgar de seus ossos? Como alguém pode dormir quando os fantasmas uivam ao lado de sua cama? Não posso enganar os fantasmas fingindo que não existem. Eles não se importam com meus pensamentos.

Eles acham que sabem o que é melhor para mim e o que significa: ouça com atenção, sente-se direito e, pelo amor de Deus, cresça.

Eu vivi, e morri e acho que eu mesma sou parte fantasma e deve ser por isso que eles gostam de mim. Eles me observam enquanto sorrio para meu sobrinho mais novo e eles deixam lembretes no meu cérebro de que não se esqueceram e de que eu também não deveria. Eles estiveram no comando durante os séculos em que testemunhei, e talvez tenham sido derrotados, destronados ou morrido, mas você não pode matar um fantasma, você só pode encontrar uma maneira de parar de lamentar a sua perda – e como parar de lamentar quando a perda é de si mesma? Não tenho respostas, embora eu tenha dado várias.

Os fantasmas sem dúvida murmuraram entre si – eles vão embora agora ou ficarão mais um pouco? Você acha que carrega todos os fantasmas, que todos carregam todos os fantasmas até serem mais fantasmas do que homens? Eu me pergunto se sou tão transparente quanto me sinto. Estou ficando pálida e o ar está gelado.

Há uma janela e há um mundo, mas não é a minha janela e não é o meu mundo. Vai ver, morri. Talvez eu assombre essas terras tão prontamente quanto os fantasmas que carrego.

Mas eu não provei que sou sangue, e carne, e osso, várias e várias vezes? Os fantasmas não podem ser ouvidos exceto quando falam através de mim. Se eu os silenciar, não preciso me silenciar, só preciso pensar em torno de suas palavras. Se ainda sou mais homem do que fantasma, algum tipo de ser com pulmões e batidas de um coração, então como posso ser uma memória. Estou presente, estou aqui, e enquanto eu sangrar, posso carregar este corpo para a frente.

Há uma foto na parede e é uma foto de amor.

Acho que os fantasmas têm inveja disso. Eles murmuram em torno da foto tentando compreendê-la. Estão reduzidos a quase nada. O poder deles está em quem eles eram e no tanto que eu os deixei ficar.

Há uma foto na parede.

Os fantasmas —

Os fantasmas não estão nela. Eles não podem tocá-la. Eles tentam, mas seus dedos escorregam através dela.

Eu tirei aquela foto.

Se puder capturar algo intocado e intocável pelos fantasmas —

se —

talvez —

talvez haja uma parte de mim que ainda queima em brasa. Eles me cercaram com seu frio, mas ainda há um calor em mim.

Os fantasmas não gostam dessa ideia. Eles querem que eu seja fria como eles. Mas não quero ser, ainda não.

Oh, eles estão com raiva agora!

Mas ouço meu nome ser falado pelos vivos muito mais do que pelos mortos e eu o ouço ser falado com amor e não com desdém ou ódio. Se os fantasmas quisessem me seduzir, deveriam ter tentado um pouco de bondade. Sou tão vulnerável a uma palavra gentil.

Há uma foto na parede. Mostra duas almas leves e um momento. Eu tirei aquela foto. Sou o fantasma por trás das lentes. Mas lá eu não estava assombrando, estava sorrindo e meu coração estava batendo.

Há uma foto na parede.

Ainda não estou pronta para um elogio. Limpe minha boca da sujeira que você borrifou sobre meu corpo, quero me levantar. Tenho muito mais para ser e as horas passam.

Os fantasmas que observem enquanto eu corro. Veja se eles conseguem me pegar.

Há uma foto na parede.

Os piores dias

2005

Um dia, estava sentada em uma aula de Matemática quando tive uma sensação de intenso pavor. Para alguém que não sabe como é um ataque de pânico, parece que você está morrendo. Então saí da sala de aula, e chorando de medo, fui até a secretaria, onde a recepcionista me enviou para a minha coordenadora. Ela me deixou na frente da turma em que estava lecionando e exigiu que eu voltasse para a minha aula. Seu rosto começou a nadar na minha frente e nuvens pretas tomaram conta da minha visão. Ela me agarrou antes que eu desmaiasse e me arrastou para a sala dela. Uma vez lá, ela me fez sentar até que o pior passasse. Ela pegou o telefone. Achei que ela deixaria eu ir para casa; ligou para o número da minha mãe e falou com ela por um minuto, antes de cochichar para mim: "Diga a sua mãe que você está bem". Não sabia mais o que fazer...ainda estava chorando, mas gaguejei que estava bem. Aquilo parecia um castigo desnecessariamente cruel e quando saí da sala, ela acrescentou: "Ah, e você está com delineador nas bochechas, vá lavar o rosto." Se eu tivesse que escolher apenas uma coisa pela qual nunca poderia perdoá-la, seria me fazer mentir para minha mãe, me impedindo de contar a minha mãe o quanto eu estava aterrorizada. Gostaria de poder entender a lógica dela, mas simplesmente não consigo.

O dia seguinte foi normal, estava ansiosa, como sempre, mas foi normal, sabe? Tinha me acostumado com isso e, embora fosse horrível, não era novidade. Estávamos no intervalo da manhã, e eu estava conversando com meus amigos, quando um terrível sentimento percorreu o meu corpo e percebi que tinha algo muito, muito errado. Cambaleei até a secretaria e disse à recepcionista que precisava ir para casa naquele momento. E então minhas pernas falharam.

Fiquei apoiada na parede por horas, minhas pernas completamente dormentes e imóveis, sem esperança de ficar de pé. Estava apavorada, pensei que havia algo seriamente errado. Tinha certeza de que minha mãe seria chamada e eu seria carregada até o carro e levada ao hospital, onde seria colocada em uma cadeira de rodas para a consulta com os médicos que tentariam descobrir por que metade do meu corpo não funcionava. Esperei e esperei, olhando para cima a cada vez que um carro parava. Minha mãe não chegava. Meus amigos continuaram vindo para me visitar ao longo do dia e eu pedia para eles checarem na secretaria se minha mãe tinha sido chamada. Ela não tinha sido chamada, mas sim a minha coordenadora.

E ela ficou furiosa comigo.

Nunca vi alguém tão irritada comigo. Ela invadiu a secretaria e exigiu que eu ficasse em pé. Ela disse que me daria cinco minutos e, se eu não estivesse de pé quando ela voltasse, haveria consequências. Em retrospecto, não sei o que ela poderia ter feito para mim, mas acho que naquele momento eu senti tanto medo dela que realmente acreditei que ela poderia me machucar. Outro aluno, sentado em uma cadeira ao meu lado, foi adorável o suficiente para me dar forças enquanto eu tentava arrumar minhas pernas de modo que parecesse que estava de pé. Finalmente consegui, sentindo que ia desmaiar a qualquer momento, e quando ela voltou, olhou para mim como se dissesse "eu avisei" e me levou para minha última aula do dia, Inglês. Eu deveria fazer uma apresentação oral na frente da turma sobre o meu lugar favorito, mas não tinha feito isso porque não *tinha* um lugar favorito, então talvez tenha sido isso que desencadeou o ataque de pânico. Mas minha coordenadora puxou o meu professor de Inglês no canto e disse a ele que eu não deveria sair da sala de aula de modo algum. Passei a aula ouvindo outras pessoas descreverem seus lugares favoritos e o quanto ficavam felizes e pensando na ironia de tudo isso. Ainda estava convencida de que havia algo fisicamente errado comigo e com medo de que minhas pernas nunca mais funcionassem direito.

  Finalmente, a aula terminou e com os membros trêmulos, semelhantes aos do Bambi, juntei minhas coisas. Meus amigos se aglomeraram ao meu redor e me ajudaram a caminhar até em casa, a caminhada de, normalmente, meia hora levou mais de uma hora, pois tinha que parar continuamente e recuperar meu equilíbrio.

  Quando cheguei em casa, minha mãe ficou zangada comigo. Acho que ela havia acabado de chegar a um ponto em que algo tinha que acontecer, e tinha acontecido. Ela marcou um consulta com o médico na manhã seguinte (lembra de quando isso era possível? Estou realmente mostrando minha idade agora). A essa altura, não sabia em quem poderia confiar. Sabia, sim, que minha coordenadora era alguém de quem eu tinha muito medo, e que ela estava tentando plantar discórdia entre minha mãe e eu. Também sabia que não poderia mais ficar naquela escola.

  No dia seguinte, o médico ouviu minha história e, de uma forma que não entendo até hoje, me diagnosticou com depressão. Embora com toda certeza *estivesse* deprimida, não acho que ele, de fato, tenha entendido o que estava acontecendo. Pessoas deprimidas não tendem a entrar em colapso aleatoriamente. Me enfiaram Prozac e fui mandada de volta à escola. Sem nada a perder, finalmente comecei a me rebelar.

quando perguntam
como explicar a ansiedade para alguém?
a respiração falha e depois
vem o aperto no peito
enquanto você tenta se recuperar
e se lembrar de que ainda está em pé
mas suas pernas querem dobrar
e seu cérebro está lhe dizendo que não é seguro
e já faz muito tempo que você não está segura
você não consegue se lembrar como era não sentir o desgaste
e você não consegue se lembrar quando passou de
não querer fazer uma cena
para querer fazer uma cena
porque se você desmaiar, você pode ir embora
as pessoas vão notar, e cuidar, e te tratar super bem
mas quando você se esforçar para andar e seus pulmões arderem
ninguém vai te ajudar
e você choraria se tivesse ar para isso
mas, em vez disso, você continua andando
e nesse momento
você enfrentaria um pelotão de fuzilamento
porque uma bala na cabeça
é mais fácil do que enfrentar os olhos de um estranho

Licença das aulas

2005

Nos meses anteriores, tinha me juntado a um grupo de amigos que não respeitava muito professores, regras ou escola. Estranhamente, eram pessoas que anteriormente tinham me intimidado e me odiado, mas tudo não passou de um mal-entendido – eles foram informados de que eu disse algo sobre eles que não era verdade e, como é característico dos boatos, isso tomou proporções maiores. Agora éramos amigos e andávamos pela escola e, às vezes, depois da aula, na minha casa ou em um parque próximo.

Eles me contaram como era fácil simplesmente fugir pelos portões da escola sem ninguém ver. Foi uma revelação. A primeira vez que fiz isso, meu coração veio parar na minha garganta, e achei que vomitaria. Mas nenhum professor veio correndo atrás de mim, e passei algumas horas livre e segura na antiga ferrovia, conversando com meus amigos e apenas curtindo não estar na escola.

É difícil colocar em palavras a liberdade que senti com a saída daquele lugar que se tornou pior do que qualquer prisão, longe de uma professora cuja autoridade me obrigava a ficar. Apenas passar pelos portões e saber que ela não poderia, mesmo que quisesse, me arrastar de volta, me deu esperança. A fachada estava começando a ruir, a ideia da figura de autoridade ser um tipo de deus foi irreversivelmente danificada. Matar aula não era um hábito, mas caramba, só de saber que podia, era como descobrir algo absolutamente vital. Depois dos Piores Dias, aproveitei cada vez mais isso, às vezes com amigos e às vezes sozinha. Minha mãe chegou a um ponto em que, aparentemente, havia chegado a um nível de calma sobre toda a situação e nada que eu fizesse a surpreenderia; então, mais de uma vez eu ligava para ela no meio do dia de um telefone público (mostrando minha imaturidade novamente) na esquina da nossa casa e dizia que, para mim, as aulas já tinham acabado. Acho que de certa forma foi um alívio para ela. Não acredito que ela tenha tido alguma mágoa dos meus professores por isso – acho que eles estavam todos tão acostumados a não me verem nas aulas, que ninguém pensou em monitorar e me rastrear para informar à minha coordenadora.

Foi com essa nova atitude que tomei uma decisão. Foi véspera do feriado de Páscoa, e estava com 16, idade suficiente para um piercing. Meus amigos furaram minhas orelhas no início do ano e eu mesma alargava os furos, todavia queria algo que, sem dúvida, me expulsasse da escola. Sempre amei piercings no septo desde que os vi pela primeira vez no bmezine.com, e então decidi ir fundo.

Minha mãe e meu pai levaram a mim e minha irmã ao estúdio de piercing, em nada menos do que um dia de aula, e meu pai e eu subimos para furar o meu septo.

Como dói. Não posso dizer o quanto doeu. Apertei a mão do meu pai e me encolhi enquanto a agulha atravessava. Quando abri os olhos, pude ver a agulha no meu nariz, e depois de outro golpe de dor, a joia estava no lugar, uma argola, algo que certamente não seria fácil de perder. Em seguida, minha irmã furou o nariz.

Com os narizes doloridos, voltamos para casa, e eu aproveitei o feriado de Páscoa, passando tempo com meus amigos e com a certeza de que, ao voltar para a escola, não ficaria lá por muito tempo.

Confiante, entrei na escola no primeiro dia de volta às aulas, sem medo, costas retas e recebendo olhares de outros alunos. Meu colega de sala – um menino que conhecia desde o Ensino Fundamental, alguém que fico profundamente triste por ter perdido o contato, alguém que era doce e gentil de uma maneira que poucos garotos sabiam ser – me deu uma olhada e me disse que eu estava encrencada, mas apenas dei de ombros. Minha coordenadora entrou, e depois de arrumar algumas coisas em sua mesa, caminhou até mim. Ela não tinha percebido ainda, na verdade, tinha um sorriso no rosto. Você ganhou um concurso de poesia, ela começou a dizer, e ganhou um bom dinheiro e uma publicação, quando de repente ela parou – e disse: "Eu nem vou parabenizá-la agora."

Fui empurrada para fora da sala e ela começou a gritar comigo. "Tire isso", ela exigiu repetidamente, "tire isso". Eu não podia, respondi, mesmo se quisesse. Eu não faria isso. Nunca a vira tão brava comigo, mas eu fiquei calma. Era isso. Esta foi a última vez que teria que lidar com ela. Eu tinha conseguido, ia deixar aquele lugar para sempre.

Fui enviada ao gabinete da vice-diretora, que novamente me pediu para tirá-lo, antes de perguntar por que eu não esperei mais algumas semanas até as provas terminarem. Entretanto, me recusei a ceder, e minha mãe foi chamada, e foi me buscar. Não conseguia parar de sorrir enquanto eu esperava por ela, e percebi que, embora estivesse tremendo, estava orgulhosa de mim mesma. Enfrentei minha maior adversária e ganhei. Minha mãe me levou para casa, e só fiquei lá por cerca de dez minutos antes de receber outro telefonema. O piercing do nariz da minha irmã tinha sido visto pela mesma professora. Minha mãe ficou perplexa e a buscou também, levando-a ao estúdio para trocar a joia por outra mais clara, e dizer à professora que ela havia tirado.

    Meus amigos logo chegaram a minha casa (lembrando que eram provavelmente 10h de um dia de aula) e passamos o resto do dia na praia (a cinco minutos a pé da minha casa), comemos batatas fritas e finalmente voltamos para a escola para esperar do lado de fora pelos nossos outros amigos. Estava tão feliz e me senti segura e livre (sei que disse isso antes, mas vale a pena repetir).

    No dia seguinte, minha mãe foi até a escola e eles fizeram um acordo. Como minha argola do septo obviamente não saía, e como eu era mais problema do que algo que valia para a escola, fui colocada em licença das aulas até as provas. Peguei algumas folhas de revisão e saí com minha cabeça erguida. Meu nariz doía, mas valeu a pena.

    Por ironia, essa licença das aulas foi o que salvou os resultados das minhas provas no final. Poder estudar em um ambiente sem estresse me permitiu aprender sem medo, sem me preocupar se ia desmaiar. Passei a maior parte do tempo em História, e bastante tempo só enchendo a minha mãe até que ela me mandasse ir fazer meu trabalho, mas foi ótimo estar livre da escola de vez. Gostaria de poder ter me despedido como deve ser de muitas pessoas que nunca mais vi novamente, mas a necessidade falou mais alto.

    A única coisa ruim da licença de aula foi que, devido a alguma regra, com certeza minha coordenadora arquitetou isso, os alunos em licença de aula não puderam comparecer ao baile de formatura. Meu pai e eu compramos roupas algumas semanas antes em Norwich, ele gastou bastante dinheiro em um lindo vestido que agora eu nunca vestiria. Pelos 13 anos seguintes, ansiei por uma ocasião para ter a oportunidade que me foi roubada: usar aquela linda roupa.

Não percebi na hora, mas essa oportunidade aconteceu na minha exposição na Saatchi Gallery[8].

As provas se aproximaram e finalmente consegui recuperar o fôlego. Parei um pouco, e por um tempo, as coisas ficaram bem.

---

8. N.E. Desde 1985, a Saatchi Gallery apresenta exposições de arte contemporânea apresentando o trabalho de artistas emergentes. Exposições que se basearam na coleção de Charles Saatchi levaram a Saatchi Galeria a se tornar uma autoridade reconhecida em arte contemporânea globalmente e adquiriu uma forte reputação por apresentar artistas que, mais tarde, seriam reconhecidos mundialmente. Em 2019 tornou-se uma instituição de caridade e inicou um novo capítulo em sua história (site oficial da galeria, 6 set. 2022).

Onde estão todos os psis?

1997-2005

Você provavelmente está lendo e se perguntando por que os psiquiatras e psicólogos não ajudavam. Desde os meus oito anos, íamos às consultas pelo menos uma vez por semana. Como já contei, não consigo nem contar a quantos diferentes eu fui. Além dos psicólogos e psiquiatras profissionalmente habilitados, também participei da instituição de caridade *Mind*. Os funcionários eram muito legais, mas não sabiam exatamente o que fazer por mim, pois não havia diagnóstico oficial. Tive dois tutores na escola que davam uma desculpa para não ir às aulas e para eu ter um respiro. Mas minha mãe estava constantemente ao telefone com vários profissionais, implorando por ajuda, para qualquer coisa. Ela me disse, mais tarde, que até perguntou se eu poderia ser internada, temporariamente, para que pudesse ser diagnosticada e tratada de modo correto. A psiquiatra ficou horrorizada com a sugestão. Na época, eu teria aceitado essa ideia.

O único diagnóstico que recebi, além do meu de depressão após o meu ataque de pânico, foi o de transtorno de ansiedade social, que eu mesma sugeri. A internet avançava, e eu tinha me colado a ela como uma mariposa à luz. Naquela época, testes simples de personalidade de preencher estavam na moda e postar seus resultados no Myspace era comum. Fiz um e obtive uma pontuação muito alta para ansiedade social. Na próxima consulta com minha psiquiatra, falei sobre isso, e ela concordou relutantemente, embora eu pudesse perceber que ela não estava me levando a sério. Em meus registros médicos ela diz que eu "pareço[cia pensar que [tinha] ansiedade social".

Como já disse, não houve nenhuma tentativa de se procurar um diagnóstico de autismo, nem mesmo foi sugerido. Pensava que era apenas uma "crise de adolescente". Se não fosse tão completamente entristecedor, eu riria da incompetência dos vários psiquiatras, psicólogos, mentores e assim por diante, mas o fato é que milhares de pessoas ainda estão pulando por todos esses galhos todos os anos, procurando desesperadamente por respostas sem as receber.

Me disseram que agora é um pouco mais fácil. Uma criança que conheço foi diagnosticada muito mais jovem do que eu era (eu tinha 21 anos) e está muito melhor assistida do que já fui um dia, mas isso porque é um acompanhamento específico para autismo e suas comorbidades (as comorbidades são os problemas de saúde mental que existem juntamente com a condição primária). Não tive isso. Um dos meus registros médicos me descreve como tendo ido "da água ao vinho", e isso é bem preciso.

Minha mãe tentou tanto, ela estava constantemente ao telefone e lutando por mim. Nunca pensamos em procurar por autismo na internet porque não sabíamos nada sobre e como algo que pudesse ser diferente do retrato aterrorizante que a mídia propagou à época. Mas alguém, um dos profissionais de saúde mental, deveria ter feito uma anamnese mais completa ouvindo meu histórico. Não consigo perdoá-los por isso. Parece um ato de negligência.

Meu pai não entende

2005

Uma das coisas que meu psiquiatra deveria definir enquanto eu estava de licença das aulas era que eu não precisaria realizar os GCSE 9 devido a alguma brecha que ele encontrou e que permitiria ao governo me dar notas com base no meu desempenho anterior. Isso significaria receber os As que me foram atribuídos antes de tudo começar a ir tão mal. Infelizmente, esta era uma lacuna muito antiga e não percebemos que não se aplicava mais até que as provas já tivessem começado e eu tivesse perdido algumas.

A decisão era, então, se faria ou não alguma prova. Optei por tentar o mínimo suficiente para entrar na faculdade, e acabou sendo uma das coisas mais difíceis que já fiz.

Minha mãe providenciou para que eu ficasse em uma sala separada em cada uma das provas de modo que pudesse sair assim que terminasse. Ela ficaria sentada do lado de fora da sala e leria um livro. Parece ridiculamente exagerado, mas não havia outra maneira de contornar tal situação.

Meu pai nos levou para a escola, e enquanto eu vomitava no banco de trás, com minha mãe me confortando, me perguntei se ele entendia o quanto aquilo era doloroso.

Meu pai é alguns anos mais velho que minha mãe e não era muito presente quando eu era criança, não por culpa dele, mas porque ele trabalhava em dois empregos, como músico e administrando uma loja de antiguidades. Logo, ele estava sempre ocupado, e minha mãe nos criou em grande parte sozinha. Meu pai nunca presenciou a pior parte, e nunca acreditou que havia algo errado comigo. Se você perguntasse, ele teria zombado e dito que eu estava bem. Talvez seja uma questão de geração ou talvez ele estivesse em negação, não sei. Fosse o que fosse, minha mãe mais tarde me disse que foi durante aquela ida de carro para a escola que a ficha caiu para ele de que havia algo errado comigo.

Tinha certeza de que seria reprovada nas provas de Matemática e Ciências imediatamente assim que as recebi – não por falta de tentativa, mas porque não sabia nada sobre o assunto. Os últimos dois anos foram essencialmente de sobrevivência, e eu tive embates horríveis com ambos os professores, ficando cada vez mais para trás dos meus colegas até aquele momento crucial em que vi as primeiras perguntas e sabia que não havia como eu passar. Perdi minha prova de Literatura Inglesa, mas passei nas provas de Inglês, Comunicação e História com facilidade. Essas foram as únicas provas que fiz.

No dia do resultado, não conseguia ir à escola para descobrir o que tinha acontecido. Minha mãe teve que ir e meu amigo veio depois. Eu estava na cama, passando mal (tipo, uau, algo novo e diferente para mim!). Tirei um A em Inglês, Comunicação e História. Tirei C em Arte. No restante fui muito mal. Fracassei totalmente. Tive sorte de a faculdade para a qual eu queria ir ainda ter concordado em me aceitar, desde que eu concluísse o curso de Numeracia para adultos – Nível 2 10[9] que minha mãe, coincidentemente, também estava cursando. Fui a uma aula e passei o olho

---

9. N.T.: A Numeracia reúne conhecimentos e habilidades relacionados à área de exatas. No sistema educacional britânico é possível obter um certificado de qualificação de habilidade básica em Numeracia como parte dos requisitos de acesso ao nível superior. O nível 2, por sua vez, corresponde ao conteúdo até o décimo primeiro ano; isto é, o ano em que

na lição de casa da minha mãe, mas tenho que admitir que não levei muito a sério. Chegou a hora da prova e era de múltipla escolha, o que facilitou bastante. Terminei logo a prova preocupada com minha mãe que estava sentada a uma mesa de distância. Me mantive olhando para ela, aflita, pois ela não parecia estar avançando tanto quanto eu, e em um momento até levantei minha mão para perguntar quanto tempo nos restava, no caso de ela estar sendo muito cuidadosa e perdendo tempo. Acabei a prova e realmente não esperei grandes coisas.

Algumas semanas depois, obtivemos os resultados. De todas as pessoas da sala, eu fui a única que passou. Era a primeira vez que o tutor ensinava o Nível 2 e ele, lamentavelmente, não preparou os alunos para o exame. Fiquei arrasada por minha mãe e pelo resto dos alunos, e espantada porque eu, de alguma forma, consegui passar apesar de ser, realmente, péssima em Matemática. Mas foi o suficiente para me colocar na faculdade.

Passei as últimas semanas antes da faculdade curtindo alguns momentos com meus amigos do Ensino Médio, pintando o meu cabelo e colocando piercings. Falarei mais sobre modificação corporal depois, e como isso impactou minha vida, mas por enquanto vamos apenas dizer que eu passei por uma mudança muito grande, constante e bastante rápida. Chegou ao ponto em que minha mãe ofereceu um gatinho se eu parasse de colocar piercings – ela estava preocupada que fosse uma forma de automutilação. Eu aleguei que a automutilação seria uma opção muito mais

---

ocorrem as provas para os GCSEs.
N.E.: Cada estudante do colegial precisa de um número de Certificados Gerais do Ensino Médio, mais conhecidos por GCSEs, em diferentes disciplinas e com notas mínimas específicas para serem admitidos no *sixth form*, a fim de atingir os *A-levels*.

barata, mas mesmo assim, ganhei minha gatinha, Sophia. Contudo, não parei de colocar piercings, nunca.

Conforme a faculdade se aproximava, me liguei mais a um amigo e me afastei do restante do grupo. Definitivamente não me encaixava. Eles fumavam e bebiam e faziam sexo, coisas normais de adolescente, e eu só queria ficar em casa na internet, e no blog, e fazer vídeos para o Youtube. Olhando para trás, eles provavelmente gostavam que meus pais permitissem que eles fizessem essas coisas em casa, porque como minha mãe sempre dizia, ela preferia saber onde eu estava. Nunca participei, nem por insistência do garoto de quem eu gostava, nem por de nenhuma das garotas que pareciam muito mais – e sem qualquer esforço – legais do que eu. Do jeito deles praticavam bullying, embora não ache que eles se reconheceriam como tal. Certamente, sofri bullying por parte deles, e quando finalmente cruzaram as linhas que eu não cruzei, eles encontraram novas maneiras de me atormentar. Na Internet, a coisa ficava cada vez mais cotidiana, cada vez maior e com comentários de como desejavam que eu me matasse, ou compartilhando blogs privados para todos verem. Você vê, mesmo naquela época, eu era uma compartilhadora crônica, embora ao final, tenha sido isso que te levou a ler essas palavras, então suponho que deveria ser grata pela prática.

De volta ao meu pai, finalmente agora ele entende. Depois de ver o que passei para ir para as provas, ele se tornou o verdadeiro papai urso super protetor, e assumiu a missão de me tirar de casa, me acolhendo quando eu bambeava e me levando embora de lugares quando eu precisava sair. Não sei se ele me entende completamente da mesma maneira que minha mãe, mas sou muito grata a ele por se aproximar e estar lá para mim. Estamos agora mais próximos do que nunca, e eu adoro ouvir sobre a vida dele e arrastá-lo para convenções e shows. Nós vimos a banda The Blockheads alguns anos atrás no *Norwich Arts Center* e foi uma grande experiência – ele tinha visto Ian Dury antes de morrer, e agora eu tinha visto o restante da banda com ele. Fiquei bastante ansiosa o tempo todo, mas ele me ergueu e me senti segura, e depois me ajudou tirar *selfies* com a banda. Isso foi muito legal. Eles eram uma parte da história do punk e estou feliz por poder compartilhar isso com ele. E estou feliz por ele ter ido ver o meu trabalho na Saatchi Gallery. Espero que ele esteja orgulhoso de mim.

Faculdade

2005-2006

O primeiro dia de faculdade não começou muito bem para mim (oh! Uau, aposto que você está super surpreso). Estava otimista acerca de um recomeço, mas ansiosa por qualquer coisa, e enquanto entrávamos na reunião de boas-vindas, mexia nos meus piercings e não conseguia prestar atenção em nada do que estava sendo dito.

Depois de alguns minutos, saí. Simplesmente precisava ir. Levantei minha mão, pedi licença e me sentei lá fora na grama durante o restante da reunião, odiando a mim mesma.

Eu ia fazer Psicologia, Filosofia e Sociologia. Minha primeira aula foi de Sociologia, e ainda me lembro da primeira pessoa com quem conversei lá porque perguntei a ele se eu estava na sala certa. E também porque eu viria a ter uma queda por ele durante os próximos anos.

Escolhi Sociologia porque a aula de introdução a que eu assisti, quando estava dando uma volta pela faculdade, era sobre crianças selvagens, o que tanto me entristecia quanto me fascinava. A Sociologia atual, no entanto, acabou por se revelar bem chata. A professora era carismática e adorável, e estava sentada ao lado de alguém que eu conhecia vagamente por ir à Batalha de Bandas local, então estava tudo bem.

Em seguida foi Psicologia, e eu estava completamente sozinha. Tivemos que ir para a biblioteca e praticar a pesquisa por referência; me senti tão desconfortável e ansiosa que só pensava em ir para casa.

Filosofia era melhor e me divertia com o meu melhor amigo dessa turma. Mais uma vez, não era o que eu esperava que fosse. De introdução – nós conversamos sobre *Matrix* e eu levantei uma questão que sempre me incomodou: um personagem do filme menciona que eles parecem os mesmos na *Matrix* do que são na vida real por causa da "autoimagem residual", mas como você pode saber como se parece se você nunca se viu? Isto fez com que toda *"Matrix* dentro de uma teoria de *Matrix"* parecesse crível; a ideia de que – ao escapar de uma camada da *Matrix* – os humanos do filme simplesmente entram em outra camada. Mas, na realidade, a aula consistiu muito mais em ouvir o professor nos dizer o quanto ele gostava de David Hume, filósofo iluminista, a respeito da *Teoria das Formas* de Platão.

Meu tutor estava lá no final do dia para meio saber como eu estava – ele deveria me dar uma carona para casa, mas não deu. Acho que mais do que qualquer outra coisa, ele estava apenas me usando para ter uma chance na faculdade, o que me decepcionou. Depois de alguns meses, mudei de lugar nas aulas de Sociologia e fiz amizade com o primeiro garoto com quem conversei e com outro garoto, Mervyn, com quem me dou até hoje (falarei sobre ele depois). Eu estava caidíssima pelo primeiro menino, ele era maconheiro e frequentemente aparecia na aula fedendo, parecendo suspeito e perguntando se dava para sentir o cheiro nele. Sempre dizia a ele que, com certeza não, mas definitivamente sim.

A essa altura já tinha largado a Psicologia, então eu só cursava duas disciplinas. Mesmo assim, estava me esforçando muito.

Se você quer saber qual é a pior comida para vomitar todas as manhãs, sem erro, é o cereal Coco Pops. Os banheiros se tornaram minha segunda casa e passei a maior parte dos meus dias de faculdade acampada do lado de fora. Perdi muitas aulas e não conseguia me concentrar.

Parei de frequentar a faculdade no segundo período, por volta da Páscoa. Eu tinha que fazer minhas provas – fiquei novamente em uma sala sozinha e fui autorizada a sair quando terminasse e meu pai me esperou no carro lá fora. Não fazia a mínima ideia de por onde começar na prova de Filosofia, então simplesmente fui reprovada. Também precisei fazer uma prova de Conhecimentos Gerais, e como tinha sido dispensada das aulas de Conhecimentos Gerais, aquilo foi uma surpresa meio que desagradável. Fui reprovada, mas fiz o melhor que pude. De todos eles, o único sucesso foi minha prova de Sociologia. Passei raspando com um C, mas, para ser honesta, eu nem sei como consegui.

Eu estava ficando cada vez mais isolada, me recolhendo no quarto e não saía de casa por nada. Foi o início da minha agorafobia, a qual eu me refiro como meus Anos Perdidos. Eles se estenderiam desde os meus 17 até os meus 20 e tantos anos. É realmente perturbador perceber que perdi a década inteira para minha ansiedade e depressão, mas foi o que aconteceu.

Tentamos a faculdade novamente dois anos depois, minha última chance na educação gratuita. Escolhi Arte e Design Gráfico, na esperança de que projetos criativos seriam mais fáceis para mim. Não sei por que nunca me ocorreu tentar Inglês ou Literatura Inglesa; acho que não confiava na minha capacidade. Na segunda vez, permaneci metade de um semestre na faculdade; não conhecia ninguém, e minha ansiedade não diminuiu, apesar do coquetel de medicação que os psiquiatras estavam despejando em mim. Era mais fácil recuar e, aos 19 anos, fiquei quase que completamente confinada em casa, saindo apenas para raras idas ao supermercado ou para fazer tatuagens.

Essa segunda exceção soa estranha, não é? Como eu poderia fazer tatuagens quando minha ansiedade era tão ruim? Continue lendo, meu amigo, e tentarei explicar um pouco mais da velha Lógica do Autismo.

Modificação corporal

2005-2018

(Este capítulo não é muito atrativo, a menos que você esteja profundamente interessado na modificação corporal, e mesmo assim, há simplesmente tanta coisa que você pode ouvir sobre as tatuagens de outras pessoas. Dito isso, muitas pessoas autistas têm interesses especiais, e a modificação corporal é uma das minhas. Os interesses especiais são sobre aquelas coisas das quais nos informamos e despejamos em vocês, sobre as coisas com as quais entediamos vocês. Então, no verdadeiro estilo autista, me deixe, por assim dizer, despejar muitas palavras sobre algo que é muito, muito importante para mim.)

Minha mãe me levou para fazer minhas primeiras tatuagens – as palavras *"Remember to feel real"* em meus pulsos. Estava um caco e vomitei no banheiro do estúdio de tatuagem depois (há uma lista longa de "lugares incomuns em que eu já vomitei", incluindo, mas não estando limitado ao primeiro carro novo do meu tio). Minha mãe tinha feito sua primeira tatuagem alguns anos antes, um coração clássico com as iniciais da família no pergaminho.

Assistir aos músicos cobertos de tatuagens me fez perceber que eu queria isso. Havia algo tão bonito nisso e a ideia de que você poderia literalmente carregar seus interesses com você onde quer que fosse como um roteiro de sua personalidade foi fascinante para mim.

Descobri bmezine.com, um site de modificação corporal, e passei horas todos os dias visitando as galerias. Aquilo abriu meus olhos para coisas que eu jamais teria imaginado — escarificação, ou seja, incisões superficiais, divisão da língua, suspensão, além de galerias e mais galerias de fotos de tatuagens e piercings.

Depois de colocar meu piercing no septo, parti para o meu lábio inferior: com três furos, no meio e nas laterais; e para o meu lábio superior: com dois furos nas laterais. Tenho um piercing abaixo da sobrancelha e um de umbigo invertido. E depois coloquei piercings nas minhas bochechas.

Sei que hoje em dia todo mundo, até a sua avó, tem piercings nas bochechas, mas na época ainda era um conceito muito novo e eu era simplesmente a segunda pessoa em quem aquele profissional já tinha feito isso. Escrevi um artigo sobre minha experiência para o bmezine e tive sorte o bastante para publicá-lo na primeira página, que era algo importante na época. Amei meus piercings na bochecha, mas são perfurações, o que é difícil de cicatrizar, então tive que removê-los. As cicatrizes me deixaram com covinhas, o que acho bem atraente.

Também fiz um piercing na língua, mas esse durou menos de um dia. Isso machuca pra valer, mais do que poderia ter imaginado, e a sensação de ter um objeto estranho na minha boca era simplesmente horrível. Não conseguia comer com a dor e então, na manhã seguinte, voltei ao profissional e o removi. Foi um alívio imediato!

Em vários momentos da minha vida tive piercing em praticamente tudo acima da cintura — sou um medidor bem útil para saber se vai doer ou não.

Estiquei minhas orelhas até 33 milímetros, que é cerca de 4cm, dormindo em cima deles e tentando achar joias que não os irritasse (mesmo a joia de pedra mais inócua os fazia coçar e causava irritação), no fim, se tornou um incômodo e tive que fazer uma escolha. Em vez de ter os lóbulos da orelha reconstruídos (porque sei que tenho força de vontade de... alguém sem força de vontade e imediatamente os esticaria novamente assim que eles estivessem curados), eu optei por removê-los do lóbulo da orelha. Não vi muitos desses por aí, há apenas uma pessoa que sigo no Instagram que eu reparei, mas não parece fora do lugar. Se você não soubesse que tinha colocado, um dia nem notaria. Senti muita falta dos meus lóbulos esticados, eu os tive desde os 15 anos até os 27, então se tornaram uma enorme parte de mim e aprender sobre diferentes pedras e escolher as joias sempre foi divertido. Mas precisava seguir em frente para meu próprio conforto.

Fiz um implante magnético, o que não é comum. Implantes magnéticos são normalmente colocados na parte superior do dedo, atrás da almofadinha. Estava tão ansiosa antes do procedimento que mal dormi. A ansiedade me manteve acordada na noite anterior. Precisei desviar o olhar o tempo todo, primeiro a agulha e depois o pequeno ímã foram inseridos, e tudo funcionou imediatamente. Consegui pegar clipes de papel com meu dedo, o ímã funcionou através da pele. Foi, realmente, muito legal. Quando cheguei em casa, percebi que podia sentir os campos magnéticos vindo do micro-ondas, o ímã vibrava e ficava como um sexto sentido tanto quanto uma diversão. Infelizmente, meu corpo rejeitou o ímã sem ser culpa de quem o colocou, e precisou ser removido. Definitivamente quero colocar outro implante magnético, mas talvez em uma parte do meu corpo que não tenha tantos movimentos.

As tatuagens, no entanto – as tatuagens foram o meu barato. Se você já viu uma fotografia minha, deve ter notado que estou bastante coberta, são longos 11 anos de trabalho e coberturas e remoção a laser para chegar a este ponto e não estou nem perto de terminar. A Lógica do Autismo significa que nem sempre tomarei as melhores decisões. Por exemplo, escurecer o meu braço esquerdo foi um grande erro e não deveria ter feito isso – me custa caro que não possa mais usá-lo como gostaria, e agora não parece tão bom, mas estou planejando consertar isso em breve e espero conseguir algo mais claro para colocar sobre.

Minha tatuagem favorita não é grande ou espalhafatosa, é o meu Urso do Bucky, na perna esquerda, logo abaixo do joelho. Tem cerca de 2,5cm de comprimento, mas me lembra o Soldado do Inverno, alguém extremamente importante para mim e de quem falarei mais adiante.

Sem dúvida, minha tatuagem mais dolorosa foi na barriga. É a única que tive de desistir e voltar com creme anestésico. É um lindo trabalho e agora está finalizada, uma mandala que se estende de meu umbigo até logo abaixo do meu esterno.

Você provavelmente está se perguntando sobre minhas tatuagens no rosto, e você tem razão. Há *muito* estigma associado a tatuagens faciais, por razões que desconheço, mas nunca olhei para uma pessoa tatuada e pensei que pareciam assustadoras, exceto pelos nacionalistas do orgulho branco com suas suásticas e bandeiras nacionais. Tenho quatro tatuagens no rosto, bem, tecnicamente algumas dezenas a mais que isso. Vou explicar – tenho tatuagens de sardas falsas. Eu sei, eu sei, você provavelmente está revirando os olhos porque, por algum motivo, as pessoas acham isso tão ridículo. As pessoas normalmente usam tintas temporárias, mas de jeito nenhum pagaria por algo que só duraria seis meses, então depois de muito testar, meu tatuador e eu encontramos uma mistura de tintas permanentes que ficaria relativamente natural no meu rosto (meu tatuador sofreu muito). Não são perfeitas, mas eu as amo. Minhas outras tatuagens faciais mais tradicionais são uma lua em aquarela formando uma curvatura ao redor do meu olho direito na forma de um "C" de Charlotte. É também o símbolo da linguagem de sinais americana para "lua", que achei bem legal. Também duas setas cruzadas no lado esquerdo do meu rosto, para comemorar o encontro com Norman Reedus, na *Walker Stalker Con* 2016. E a âncora abaixo do meu olho esquerdo, minha primeira tatuagem no rosto. Eu a fiz em um momento muito delicado da minha vida, quando a depressão estava me consumindo. Ia escrever um post no blog que nunca havia publicado e me referi ao meu sobrinho como minha âncora, a única coisa que definitivamente me prende aqui. Então, coloquei no lugar que eu veria mais – bem no meu rosto, para me lembrar dele. Você nem notaria minha última tatuagem no rosto, a menos que estivesse procurando por ela. É uma linha branca passando pelo meu lábio do lado esquerdo, para parecer uma cicatriz. A princípio queria uma escarificação, mas meu tatuador ficou apreensivo em fazê-la e eu também não cicatrizo bem. Nenhum dos pontos que já recebi cicatrizou, e eu não queria passar por um procedimento como esse e não ver nenhum resultado. Por que uma cicatriz, você pergunta? Porque como passei por inúmeras batalhas na minha vida, e, porque nenhuma delas foi física, eu não tinha nada para mostrar. Desejava um sutil lembrete de que sou uma lutadora, mesmo que minha batalha seja em grande parte interna. E como eu não posso tatuar exatamente meus rins, essa foi a escolha que fiz.

  Há algo que sempre amei em ser uma pessoa tatuada que outras pessoas tatuadas odeiam: as pessoas tendem a evitar você e a pensar que você é, de alguma forma, assustadora se possui tatuagens. É um erro estúpido, obviamente. Meço 1,57m e da cintura para cima pareço ter um corpo de bebê recém-nascido, mas recebo olhares de reprovação das pessoas enquanto ando por aí, especialmente se notarem minhas tatuagens no rosto – as pessoas, de fato, me evitam. É bom que isso seja a primeira coisa que as pessoas notem em mim, e não meu autismo. Não desejo usar meu autismo o tempo todo, mas infelizmente, preciso. Minhas tatuagens são como uma camada de armadura que posso colocar por cima, uma forma de desviar o olhar do outro, pois não consigo estabelecer contato visual ou porque tremo um pouco demais. É um modo de puxar conversa, especialmente nos dias de hoje quando tantas pessoas têm uma tatuagem e é bom ser lembrada como "a menina com todas aquelas tatuagens" em vez de "a menina autista".

Você pode estar se perguntando como consegui me tatuar, especialmente nas fases de agorafobia (o que ainda tenho em um certo grau). Para mim, os estúdios de tatuagem são os lugares mais seguros, além de minha própria casa. Se tivesse que escolher um lugar para ir e passar um dia inteiro, seria um estúdio de tatuagem. Embora haja um certo elitismo em alguns, na maioria das vezes, são despretensiosos, e tatuadores não julgam. Conheci alguns caras maldosos na minha época, e de fato alguns racistas, mas em geral, são algumas das pessoas mais legais que você provavelmente conhecerá. Podem até parecer assustadores às vezes, mas podem ser realmente adoráveis, e quando você considera quão íntimo é o trabalho deles, eles meio que têm que ser gentis.

Mesmo assim, até hoje ainda fico muito ansiosa toda vez que faço uma tatuagem. Não fica mais fácil.

Há mais de cem horas de tatuagem feitas na minha vida, mas ainda enlouqueço na noite anterior e no dia de fazer. Preciso encontrar mecanismos de enfrentamento, como ouvir música – escolher um álbum que conheço muito bem, então tenho alguma ilusão de previsibilidade e distração da dor – creme anestésico – sei que algumas pessoas pensam que é para os fracos, mas honestamente, se eu tiver a opção de estar com dor ou de não estar com dor, vou escolher a última e não me importo com o que os outros vão pensar de mim. Finalmente, as tatuagens são ótimas porque na maioria das vezes são realizadas com hora marcada, o que significa que você tem um intervalo de tempo e não pode extrapolá-lo porque outras pessoas estão agendadas. Quando tudo piora e acho que não posso lidar com mais muita coisa, seja por causa da dor ou da ansiedade, começo a contagem regressiva dos minutos em intervalos de cinco.

E uma tatuagem, a menos que, como eu, você seja propenso a más escolhas de vida e procure pelo laser, dura uma vida inteira. O desconforto de uma hora é totalmente diferente de ter que ir ao supermercado para comprar alimentos que, embora a mantenham viva, são apenas temporários. Uma tatuagem você pode olhar várias e várias vezes, e se torna parte de você. Eu nunca disse isso sobre um pedaço de pão.

Anos perdidos

2006-2016

Falei anteriormente sobre os anos perdidos, quando minha agorafobia levou embora o melhor de mim e me deixou presa em casa, com exceção das "viagens", talvez uma vez por mês. É muito difícil colocar em palavras como é passar todos os dias dentro de casa sem fazer nada. Sei que isso pode parecer um alívio abençoado para algumas pessoas, tipo, como sou sortuda por não ter nada para fazer ou outras responsabilidades, mas a verdade é que é tão isolador e prejudicial à sua saúde mental que não desejo tal situação a ninguém.

Acho que muitas pessoas acreditam que a agorafobia não existe realmente, e isso é porque se trata de uma doença mental invisível. Se você tem agorafobia e for encaminhado a um psicólogo, você não será capaz nem de ir às sessões – essa é a natureza da fera. Então o sistema falha e consequentemente você passa despercebido. Não consigo imaginar a quantidade de pessoas que vivem assim, presas em casa sem nada para fazer o dia todo, além de assistir à televisão ou navegar na internet, desejando qualquer tipo de interação, ou na pior das hipóteses, o doce alívio da morte. Isso te arrasta para baixo – você perde o contato com todo mundo que conhece, e perde qualquer senso de autoestima que pode ter construído ao longo dos anos. Você perde o contato com a cultura popular e com que está "na moda" e atual. Há um limite para o que pode ser vivido através das telas dos meios de comunicação online. Para realmente experimentar e absorver a vida, você tem que existir dentro dela, e isso é incrivelmente difícil de fazer quando você tem as mesmas quatro paredes, a mesma visão de fora da janela e as mesmas pessoas ao seu redor todos os dias.

Você começa a se ressentir por tudo: você mesmo, sua família, as pessoas online cujas vidas você assiste e inveja. Como eles podem pensar tão pequeno, não sair e passar um dia na praia? Não percebem o quão sortudos são?

Perdi tanto, tantas etapas. Nunca beijei ninguém, nunca tive um relacionamento, nunca estive bêbada (não que quisesse beber, ou que pudesse, fazendo uso da minha medicação, mas ainda assim), nunca aprendi a dirigir (novamente, não quero, mas a opção teria sido boa). Meus sonhos de ir para a universidade foram despedaçados e, devido ao fato de ter dedicado toda a minha infância para esse objetivo concreto, fiquei com o coração partido.

À medida que meu irmão e minha irmã cresciam, os assistia vivendo suas próprias vidas e tendo suas próprias aventuras, e isso começou realmente a evidenciar meu fracasso. Enquanto assistia meu irmão terminar o colégio e começar a universidade, queria arrancar minha pele de desgosto comigo mesma. Tentei ficar feliz por ele, mas – na maioria das vezes – ficava com muita raiva do meu próprio cérebro. Quando ele se formou, não tinha como eu ir à cerimônia, mas o que é pior, isso me fez ir ainda mais fundo no poço da depressão. É muito difícil permanecer otimista quando todos os dias são exatamente os mesmos. Parece que não há saída. Vou contar sobre esse momento agora, e depois, sobre como sobreviver a isso.

Elegia

eu morri e ninguém percebeu
escolhi uma lápide
e um pequeno pedaço de terra
um retângulo de sujeira
pronto para me resgatar

eu morri e ninguém percebeu
escolhi um traje para o funeral
e fiz os convites
grafados em cartão reciclado
o último poema que eu escreveria

eu morri e ninguém percebeu
lá estava eu ao lado das raízes de uma árvore
sentindo o solo me chamando
as folhas de outono secas ante os pés descalços
eles me enterraram com unhas sujas

eu morri e ninguém percebeu
uma pequena caixa de música logo tocou "aleluia"
e cantei junto, embora não tenham ouvido

e pensei em todos os acordes que eu conhecia

e fiquei imaginando qual David tocou

eu morri e ninguém percebeu

eu era a cinza em sua língua

a poeira em seus olhos

seu rosto contorcido

e você não chorou

eu morri e ninguém percebeu

por isso, eu acho

isso faz com que seja tão fácil

atravessar o carvalho do caixão

e ir rumo ao luar,

um leve suspiro de um fantasma

tem chovido desde que parti.

Os dias mais difíceis

2006-2018

Sempre chamei minha depressão de "depressão circunstancial", embora isso seja provavelmente um pouco esquisito. Acredito ser naturalmente propensa à depressão, geneticamente, mas minhas condições definitivamente não ajudaram.

Depressão não é tristeza, como muitas vezes é retratada, embora haja isso também – é, principalmente, torpor. Você não se importa se vai viver ou morrer. Se você for atropelado por um ônibus amanhã, será um alívio abençoado porque pelo menos isso acabaria.

É um buraco que seu cérebro cava para você e, todos os dias, em vez de pedir por uma corda, ele cava um palmo mais fundo. Você esquece como é sentir a luz do sol em sua pele e se torna um espectro de uma pessoa, totalmente desprovida de qualquer coisa. O que antes te fazia feliz, agora te deixa indiferente.

É difícil colocar em palavras. É a falta de algo vital, como se aquela chama interior fosse apagada. Você vai dormir muito, porque quer que os dias acabem logo. Você não vai comer, porque comer parece não valer a pena em um corpo que você, afinal, não vai usar por muito mais tempo. Você não vai tomar banho, porque tomar banho exige muito planejamento: escolher roupas limpas, ligar o chuveiro, tirar a roupa, tomar banho, e então se secar e vestir a roupa novamente. Você não vai se limpar porque o esforço parece monumental. Você apenas existe, de uma forma cada vez mais fedorenta e em estado nojento, odiando a si mesma porque sua cabeça está coçando e há coisas em todos os lugares e não há nada que você possa fazer sobre isso.

Em mais de uma ocasião tive certeza de que ia me matar. Tinha datas definidas na minha cabeça e um método infalível. Não vou entrar em detalhes porque seria uma irresponsabilidade minha e não quero estimular ninguém. Mas a ideia havia sido plantada, e era como respirar fundo depois de ficar debaixo d'água por um longo tempo.

Minha mãe admitiu para mim que ela odiava entrar no meu quarto no dia em que eu simplesmente não acordava. Eu não sabia o que fazer. Há um verso em uma música de Robbie Williams que resume tudo – "Eu não quero morrer, mas não quero viver." Tenho certeza de que foi dito em milhares de diferentes maneiras, mas ainda me parece uma verdade. Estar deprimida não significa necessariamente você querer morrer, simplesmente parece ser a opção mais fácil, não apenas para você, mas para sua família.

Você se convence de que eles estariam melhores sem você. Que você os puxa para baixo. Que você é um fardo e que sem você eles poderiam seguir adiante. Claro, ficariam tristes no começo, mas logo você seria apenas uma memória, algo que dói de vez em quando, mas que eles podem sobreviver e suportar.

A ironia é que a depressão é exatamente a mesma coisa. Dói, mas você vai suportar.

Voltar à vida foi uma das coisas mais difíceis que já fiz. Me acostumei a ficar estagnada, inerte, pois fazer a bola rolar novamente exigia cada grama de força que eu tinha, e foi um processo tão lento que para quem visse de fora não seria perceptível. Levou anos, e, sem dúvida, houve reveses. Ainda há momentos em que desabo naquele buraco negro, mas agora possuo mecanismos melhores de enfrentamento, pessoas com quem posso falar e atividades das quais posso participar passivamente, como assistir a certos filmes, certos shows de *stand-up*, ouvir certas músicas, encontrar coisas para desejar.

Esse último ponto é vital. A depressão faz parecer que você não tem um futuro além de onde você está. Que você ficará no buraco para sempre. Você tem que acreditar que, um dia, você vai sair do buraco e fazer algo de que você goste. Fazer planos. Podem até parecer impossíveis, você pode sentir que nunca será capaz de alcançá-los, mas reserve os ingressos dos shows ou encontre um filme que você não pode morrer sem ver. Se acompanhar uma série de algum livro, antecipe o pedido do próximo. Você precisa continuar vivendo, mesmo que o custo, às vezes, pareça alto.

Você tem permissão para ter dias de folga, quando for demais. Cuide-se, não se culpe. Mas lembre-se de que cada vez que você quis desistir antes, você sobreviveu. E você vai sobreviver de novo.

Diagnóstico

2009-2010

Fui diagnosticada por puro acaso. Meu psicólogo estava fazendo uma visita domiciliar e as coisas estavam ruins. Alguns dias antes, minha mãe assistira a um documentário na BBC sobre pessoas autistas tentando encontrar emprego e ela percebeu as semelhanças entre como eu me comportava e como elas se comportavam. Ela foi a primeira pessoa a me diagnosticar com Autismo. Ela mencionou o fato para o psicólogo, que disse apressadamente, "bem, isso teria sido nossa próxima linha de raciocínio". Aham, até parece.

As primeiras coisas que tive que fazer foram os testes de Quociente de Autismo e de Quociente de Empatia. Mencionei o teste de Quociente de Autismo bem antes, você provavelmente se lembra e talvez até tenha pesquisado e feito. Acho que passei (ou fui reprovada, não tenho certeza sobre a terminologia), porque minha avaliação continuou e em seguida tive que tentar reconhecer rostos.

É a coisa mais entediante do mundo, se sentar na frente de um laptop mais antigo que o próprio tempo e tentar descobrir qual emoção os rostos de Photoshop estão mostrando. Era impossível. Se puder evitar, não faço contato visual com as pessoas, então fui reprovada (ou passei) pra valer nesse teste.

Finalmente, tive que fazer um teste de QI. Existe um equívoco comum de que pessoas autistas não falam ou não são muito articuladas Também há pessoas que acreditam que existam pessoas autistas de alto e baixo funcionamento. Isso é tão frustrante, porque cada um de nós é de alto e baixo funcionamento, dependendo das circunstâncias. Me coloque na frente de um computador e me peça para escrever uma história e serei tão eloquente quanto quiser. Me peça para sair de casa e haverá marcas de garras nos batentes das portas. O teste de QI foi uma mistura de perguntas de memória e vocabulário, bem como para detectar diferenças e problemas de Matemática, e também um pouco de conhecimento geral. Para o teste final, tive que resolver um conjunto de quebra-cabeças de formatos aleatórios, e por mero acaso (ou foi intencional? Nunca vou saber), a pessoa que administrava o teste deixou as soluções no meu campo de visão, então gabaritei. Logo, o meu QI oficial pode estar alguns pontos a mais do que deveria, mas acho que trapacear e se safar mostra um certo nível de engenhosidade.

De qualquer forma, saí com uma pontuação de 118, o que, nem de longe, é nível de gênio, mas encontra-se ligeiramente acima da média. No teste de vocabulário, no entanto, pontuei dentro do percentual 92, o que significa estar entre os 8% do topo das pessoas que... conhecem as palavras. Isso foi e não foi surpreendente, quero dizer, as pessoas sempre disseram que sou boa com as palavras, mas elas sempre parecem desajeitadas na minha língua, e eu odeio me ver falando no vídeo (ah, ironia, já te ouço dizer).

De qualquer forma, em janeiro de 2010, fui oficialmente diagnosticada com Asperger (Asperger agora se enquadra na definição do DSM de TEA – Transtorno do Espectro Autista, em vez de ser uma subcategoria própria). No começo, fiquei muito irritada com o diagnóstico: pelo menos ansiedade é solucionável, com terapia e medicação suficientes. O Autismo significava que o problema era o meu próprio cérebro, incurável, para sempre. Mas, ao mesmo tempo, isso veio com uma maior compreensão de minha mãe, meu pai, meu irmão e minha irmã. Todos que me conheciam, de repente me entenderam muito melhor. Minha mãe, especialmente, fez de sua missão aprender o máximo possível sobre a condição, lendo um livro, ou assistindo a um programa na televisão e ela dizia "é você". E era.

Uma vez que você sabe o que está procurando, se torna óbvio.

Depois de ser diagnosticada, imediatamente me ofereceram Terapia Cognitivo Comportamental (TCC), mas era muito recente, muito novo para encarar imediatamente. Ao recusar isso, porém, parecia que eu estava colocando empecilhos, e imagino que o psiquiatra tenha respirado fundo e suspirado porque eu não estava cooperando como ele gostaria.

Não vou menosprezar muito o Sistema Nacional de Saúde deficitário, mas depois de ser diagnosticada e de ter oferta inicial de TCC, não havia muito o que fazer. A sugestão foi que eu frequentasse o *City College Norwich*, a uma hora de distância de onde moro, o que exigiria que eu pegasse o trem até lá, e voltasse todos os dias e me misturasse com os jovens de 16 anos – apesar de eu ter 21, e agorafobia. Também já não tinha mais idade para me qualificar de graça na educação continuada, e não havia nenhum financiamento do governo disponível para me ajudar a pagar a faculdade. Fiquei furiosa. Parecia que nem mesmo o psiquiatra tinha entendido.

Minha coordenadora de referência era estranha. Toda vez que eu a via, eu era atingida por um desejo irresistível de comprar para ela um novo par de tênis porque os dela eram muito esfarrapados e velhos. E ela não foi tão prestativa. Ela quase nunca nos dava retorno e era paternalista como ninguém, falando em tons apaziguadores sem realmente levar em conta o que dizíamos.

Por um tempo, tive uma assistente social excelente. Ela tentou tanto encontrar tarefas para mim, e maneiras de me tornar mais ativa e sociável. Ela me deu a oportunidade de ajudar em um estúdio de tatuagem local e, embora minha ansiedade raramente permitisse, foi uma experiência incrível. Mas tudo muito breve, ela trocou de emprego, porque ser assistente social era muito estressante. Não a culpo nem um pouco.

Neste momento, estou em um estado de limbo. Deveria ser encaminhada para um psicólogo para iniciar algum tipo de terapia, mas não tenho certeza do quê nem de quando. Já se passaram dois anos e não fizemos nenhum progresso. A área em que moro é cronicamente subfinanciada, e o psiquiatra que era realmente treinado em Autismo saiu para trabalhar em outro lugar. Agora não há nenhum especialista em Autismo na região, e isso gera uma grande frustração, pois ambos os lados tentam transmitir o seu ponto de vista e nenhum entende o outro totalmente. Enquanto escrevo, não sei o que eles podem oferecer para me "consertar". Eu acho que tive muita, muita sorte de o espectro aparecer no tempo certo e finalmente estar pronta para me virar. O Sistema Nacional de Saúde é um recurso de valor inestimável, e se um dia for despedaçado, vamos perdê-lo, mas do jeito que está, a assistência e os recursos simplesmente não estão disponíveis para pessoas autistas. Lá não há pessoas treinadas o suficiente para diagnosticar, e se não fosse pela minha mãe passando por um canal de televisão aleatório em uma noite, ainda poderia não ter sido diagnosticada.

(Uma nota: no momento da edição, fui dispensada dos cuidados da equipe psiquiátrica com um "não há mais nada [que eles] possam fazer por mim".)

Fã-clube

2003–2018

O fã-clube me salvou. O fã-clube fez de mim uma escritora. O fã-clube estava lá quando era muito duro fazer parte da vida real. Quando a escola parecia sufocante e minha casa não era o refúgio que eu esperava, entrar na internet, e ler, e escrever, e simplesmente fazer parte dessa experiência criativa, desmonetizada, descentralizada foi imensamente libertador. Descobri o fã-clube ainda jovem, enquanto procurava por coisas relacionadas ao Harry Potter na internet. O fã-clube e, em particular, as *fanfics*, foram alucinantes para mim. As pessoas estavam pegando os contos já estabelecidos e expandindo-os, tornando-os melhores, levando-os em novas direções, e acrescentando a tão necessária diversidade. Fiquei imediatamente viciada.

Sei que as *fanfics* são vistas como sendo "só pornografia", mas isso está longe de ser verdade. Na realidade, há muita obscenidade circulando em torno disso, mas há também histórias mais profundas. As *fanfics* são uma maneira de falar coisas sobre as quais você não consegue falar na vida real – sexualidade, gênero, sofrimento mental, abuso, todos os assuntos tabus que você não pode levar à tona durante o jantar. Isto é profundamente curativo terapêutico para aqueles que escrevem e que leem.

Eu nunca escrevi *fanfics* (exceto talvez por três mil palavras de *fanfics* de *Sherlock* durante as primeiras séries) até depois que vi O *Capitão América: O Soldado Invernal*. Depois de assistir ao filme, imediatamente, corri para o meu site favorito e procurei desesperadamente. Precisava saber o que acontecia depois com Steve Rogers (Capitão América) e Bucky Barnes (o Soldado Invernal). Precisava de mundos e mais mundos onde as coisas eram ligeiramente, ou completamente, diferentes. E eu os encontrei.

Na verdade, eu não falei sobre minha própria sexualidade até agora porque, para ser honesta, não é algo que tenha conquistado espaço na minha vida real, mas sou bissexual e encontrar pessoas escrevendo sobre personagens LGBT+ em *fanfics* foi tão animador. E algo sobre a dinâmica de Steve e Bucky simplesmente me capturou, e eles rapidamente se tornaram o meu OTP12 (um par verdadeiro).

Li tudo e mais um pouco, e descobri que me relacionei com Bucky de uma maneira que eu não tinha me relacionado com nenhum personagem ficcional antes. Ele era um homem bom que sofreu muito. E todos queriam que ele tivesse um final feliz. Ele teria que merecê-lo, e muitas histórias se concentravam em sua recuperação e no que isso implicaria, e como alguém que estava na iminência de realmente tentar melhorar, isso foi inestimável para mim. Não vou nomear as histórias específicas que li, mas uma em particular se destacou e, enquanto lia a história, e lia sobre a recuperação de Bucky, eu honestamente acreditei que também poderia me recuperar um dia e voltar a ser um ser humano decente.

Eu também me perguntei se poderia escrever sobre Bucky e Steve.

Eu assisto muito ao Youtube, e um canal em particular, *vlogbrothers*, – assisto há anos. John Green é um dos *vlogbrothers* e escritor, e ele deu um conselho sobre como escrever que nunca esqueci – "Dê a si mesmo permissão para errar". Ele quis dizer – escreva a droga das palavras no papel e deixe pra corrigir mais tarde. Simplesmente escreva. Você não vai ser ótima de cara, mas vai chegar lá. Tudo o que você lê, tudo o que você escreve, faz parte da prática e te torna uma escritora melhor. Isso vale para qualquer disciplina artística, mas apliquei à escrita e funcionou.

Minha primeira história foi um pequeno artigo de mil palavras imaginando sobre Bucky voltar e perceber que Steve nunca havia construído um lar para si mesmo, que ele estava vivendo em uma casa ao invés de um lar. Ao longo da história fiz Bucky transformá-la em um lar para os dois.

Minha próxima história foi um épico de 50 mil palavras, com outras 50 mil palavras de sequência, atualizada todos os dias. Ainda não acredito que escrevi isso, e não existe mais online (espero). Não ficou muito boa, mas provou algo para mim que eu não tinha percebido antes – que eu tinha a disciplina para escrever e a capacidade de fazer isso. E as pessoas pareciam gostar do que eu escrevia também.

A partir daí, comecei a ter como base a minha própria experiência com traumas, ansiedade, depressão, e mesmo o autismo – tudo e qualquer coisa que eu pudesse pensar sobre. Também escrevi sobre assuntos que achei importantes, como ser transgênero, sofrer de um transtorno alimentar, e se o mundo terminasse? E também sobre vampiros – eles são o meu ponto fraco. Li as *Crônicas Vampirescas* em uma idade muito impressionável e adoro escrever sobre isso agora.

Minha história favorita foi uma das últimas que escrevi – com Bucky, como músico e Steve, como sua inspiração há muito perdida. Não gostaram tanto como eu esperava, mas para mim parecia uma história real, algo real que os escritores poderiam escrever sobre. Fiquei orgulhosa disso. Foram só 17 mil longas palavras, mas elas abarcavam um mundo inteiro, e com Bucky como seu personagem central, logo percebi que o estava descrevendo como autista.

Nunca tinha feito isso antes, e apenas uma pessoa percebeu, perguntando se ele estava no espectro, mas para mim foi inovador. Foi como se estivesse descrevendo a mim mesma, dei a ele minha ansiedade, minha depressão. Claro, o Bucky na história era muito mais talentoso do que eu jamais seria, mas ele carregava um monte das minhas próprias inseguranças e medos enfiados na cabeça dele.

Sei que parece estúpido encontrar consolo em personagens fictícios. Pode ser que você tenha a impressão de que as *fanfics* não são escrita de verdade, por se pautarem em outra coisa, é como se, de alguma forma, fossem menos válidas.

Vou te contar uma coisa – esses escritores não estão sendo pagos. Eles estão escrevendo porque eles adoram fazer isso. Porque eles têm histórias que querem ou precisam contar. É algo puro, e honesto, e sem pretensão. No final dos capítulos, os estudantes se desculpam por estarem atrasados nas atualizações porque tinham provas. Na verdade, praticamente todo mundo que eu li se desculpou por não atualizar rápido o bastante. *Eles não estão sendo pagos.* Eles fazem isso porque esses personagens significam algo para eles. Significam tudo para eles.

Se isso não é como escrever deveria ser, então eu não sei o que é.

Mas quero acrescentar um alerta. Nem tudo são flores no mundo dos fãs. Há pessoas lá fora que se deliciam e sentem prazer perverso de escrever a mais abominável das histórias, e existem sites e pessoas que irão, de fato, protegê-los. Como um ouroboros comendo a si mesmo, qualquer argumento contra representações explícitas de alguns atos verdadeiramente horríveis é recebido com indignação, como se a pessoa que se horroriza estivesse errada. Falando francamente, é uma bagunça, e é melhor deixar quieto, ou pelo menos, procurar com uma lista de restrições de todas as *tags* filtradas concebíveis que você puder imaginar já no lugar, e mais um pouco.

    Algumas pessoas, e provavelmente há um diagrama de Venn das pessoas que estou prestes a mencionar e as que mencionei há pouco, usam *fanfics* puramente como uma maneira de "fetichizar" homens gays e seus relacionamentos, e normatizar papéis heteronormativos para seus relacionamentos: "Quem é a mulher do relacionamento?". Eles vão espernear, quando, claro, a resposta for "não há mulher, esse é o ponto". Acredito que esse grau de fetichismo é o motivo de as *fanfics* terem uma reputação tão ruim, e serem vistas apenas como pornografia, em vez de uma forma de explorar a escrita em um espaço livre e acolhedor.

    Menciono esses pontos não para prejudicar a comunidade, mas como coisas que me incomodaram pessoalmente como autista e queer. Às vezes, é fácil, quando você está escrevendo, esquecer que suas palavras têm um efeito no mundo real sobre as pessoas que as estão lendo, e é por isso que representatividade é tão importante na mídia. Mas isso vale para os dois lados. Quando olhamos no espelho e o que vemos escrito está distorcido e errado, pode nos afetar, e à nossa percepção de nós mesmos e dos outros. Embora seja fácil afirmar que a ficção não tem impacto na realidade, não acredito que seja verdade. Acredito que a arte em todas as formas é mais poderosa do que acreditamos e deve ser exercida com grande responsabilidade.

Falsos amigos
(intimidade na internet)

2018

A internet é uma ferramenta maravilhosa para pessoas autistas usarem para fazer amigos. Na verdade, foi praticamente projetada para nós, e quase certamente projetada por nossa causa (um brinde a todos os autistas que trabalham com Informática!). Podemos ser tão anônimos quanto escolhermos, podemos despejar tanta informação quanto quisermos em fóruns tão peculiares quanto nós. A internet é grande o suficiente para nos incluir perfeitamente, então todos devemos ser capazes de nos misturar tranquilamente, certo?

Descobri que a internet é muito parecida com um eterno Ensino Médio. Há regras sociais a serem seguidas, e todo mundo ainda compete por pontos de popularidade. Você pode ficar na sua, mas se quiser amigos, você vai precisar começar um papo.

Não estou dizendo que você não pode fazer amigos de verdade na internet. Porque você pode. Com certeza. Mas vou contar uma experiência que tive – não como um aviso – não muito tempo atrás.

Nos conhecemos por interesses mútuos. Conversamos e embora eles fossem mais novos do que eu e tivessem a tendência a falar sobre um conteúdo bastante perturbador às vezes, me ajudaram com minha escrita e foi legal me divertir com eles. Tínhamos piadas internas, sabe? Então, tudo bem, eles estragariam o meu aniversário com acrobacias cuidadosamente orquestradas, confessando que me amavam enquanto estavam bêbados, apesar de saberem que essa era uma linha que eu nunca iria cruzar, mas no dia seguinte voltamos ao normal. Fiquei acordada até as 5 da manhã conversando com eles, pelo Skype, mesmo que não conseguisse ouvi-los muito porque se recusavam a desligar a televisão.

Eles tinham muitos problemas, isso estava claro, e sendo mais novos do que eu, estavam menos inclinados a ouvir conselhos (parece justo, quem quer ouvir conselhos quando você pode ouvir seus impulsos?). Tudo era um drama, o tempo todo. Nunca consegui perceber de fato o quanto era real ou falso, exagerado ou se estavam em perigo real. Ficava constantemente preocupada com eles, mas eu contava com eles como meus melhores amigos. Planejamos vagamente pegar um avião para o país deles um dia, ou para eles virem para cá.

Senti como se os conhecesse, como se tivesse crescido com eles. Trocamos cartas e presentes, e parecia que poderiam passar 20 anos, e ainda estaríamos fazendo graças sobre as mesmas velhas coisas. Acredito que, talvez, tenha sido aí que a podridão se instalou – nenhum de nós seguia com a vida.

Foi o aniversário de um deles. Não medi esforços, gastando centenas de libras em presentes cuidadosamente escolhidos, embrulhando-os em uma caixa enorme que custou uma verdadeira fortuna para enviar para o exterior, e esperei. Tínhamos um combinado de abrir nossos presentes um para o outro na câmera, então aguardei o vídeo dele. O serviço de mensagens que usávamos era notoriamente terrível por, de fato, enviar notificação quando você tinha uma mensagem, então eu não recebi o *link* de *upload* até o final da tarde. A primeira coisa que notei sobre o vídeo era que a televisão estava ligada, então não só eu não conseguia ouvir nada do que o meu amigo estava dizendo (avisei sobre o fato várias vezes), como também, ficava olhando para lá para assistir, como se meus presentes não fossem simplesmente...muito interessantes. Eu o assisti abrir todos e ele simplesmente... não pareceu se importar. Cada item foi retirado da caixa e bem observado antes de ser deixado de lado. Quando o vídeo terminou, percebi que ele não tinha agradecido.

Depois disso, não conversamos muito. Eu me perguntei se, talvez, ele estivesse esperando o presente como algum tipo de encerramento. Eu pensei, bem, essa foi uma lição cara de se aprender.

Depois disso, e-mails anônimos de ódio começaram a chegar a minha caixa de entrada online.

Era muito específico para ser de qualquer outra pessoa. Fazia referência a coisas que nós falamos em particular. Só poderia ser dele. As mensagens imploravam que eu me matasse.

Se há uma moral para esta história, é esta: existem pessoas realmente boas na Internet. O amor da sua vida pode estar a um clique de distância. Mas há também aqueles que perceberão a sua solidão e irão explorar isso; que vão se voltar contra você e por causa dos próprios problemas deles, tentarão fazer você se machucar do jeito que eles machucam. Se você saca que isso está acontecendo, e isso não serve apenas se você for um adolescente, mas para os adultos também – literalmente, qualquer um está vulnerável a isso – pule fora. As pessoas podem te prometer o mundo. E talvez na época, fosse isso mesmo que quisessem dizer. Mas por causa da maneira como nossos cérebros estão conectados, acreditaremos nessa promessa de primeira e daremos mais peso do que alguém que não é autista. Não sei qual é a resposta para isso. Amigos, apenas se cuidem. Essa pode ser uma lição que vocês terão que aprender por vocês mesmos. Mas dane-se se não doer fazer isso, mesmo que você esteja avisado.

Convenções

2015-2018

Fui à minha primeira convenção em 2015: *Nor-Con* (Convenção de Norfolk), com meu irmão. Fiz *cosplay* de America Chavez dos quadrinhos da Marvel, passei horas elaborando meticulosamente sua icônica jaqueta. Apenas uma pessoa me reconheceu; também estava vestido de Jovem Vingador, e a convenção em si foi pequena, realizada em apenas duas salas com pouco espaço para nos misturarmos ou até mesmo nos mexermos. Não havia muito o que ver ou fazer, mas foi um começo. Só de estar perto de pessoas que eram fãs tão entusiasmadas e tudo o que isso incluía, me vestir e ser descaradamente *nerd* foi incrível, e senti como se tivesse encontrado a minha turma. Fui a convenções de tatuagem e me senti muito mais deslocada. Não, as convenções de fã-clubes eram o meu lugar.

Em março de 2017, fui à *Walker Stalker Con*, uma convenção em torno do programa *The Walking Dead* (seriado cuja premissa é basicamente "o mundo acabou e há zumbis e então as coisas continuam piorando – para sempre"). Foi minha primeira grande convenção e não sabia o que esperar. Estava muito nervosa e pensei que minhas pernas fossem falhar quando entrei. Nenhum reconhecimento é o bastante para a equipe para portadores de deficiência da *Walker Stalker Con* – eles foram muito, muito bons. Embora em outras convenções o que diz respeito às pessoas portadoras de deficiências possa ser bastante complicado, a *Walker Stalker Con* faz todo o possível para ser acessível a todos.

Foi um dia incrível do início ao fim, mesmo que pareça que não fiz muito. A primeira pessoa que conheci foi Tom Payne[10]. Fiquei tão nervosa que queria dar meia volta e fugir. Mas quando o vi na vida real, tive que aproveitar. Ele é tão bonito! Não falei com ele na verdade, nem tinha palavras, mas consegui um autógrafo e uma *selfie*. Depois disso, fui para uma sala tranquila e relaxei, enquanto meu pai fazia amizade com os *cosplayers* de zumbi.

Agendei uma foto com Tom Payne também, então consegui outra chance de vê-lo no final da tarde. Pedi um abraço e ele me deu um enorme. Foi incrível poder conhecer alguém que conhecia pela televisão e admirado imensamente. Tudo aconteceu em cerca de dez segundos, mas tinha a foto e a certeza de que tinha conseguido aquilo. Me senti muito realizada.

Meu personagem favorito em *The Walking Dead*, em comum com muitas pessoas, é Daryl Dixon (suponho outra alma despedaçada de se relacionar), e também agendei uma foto com Norman Reedus, o ator que o interpreta. Fazer isso foi bem aterrorizante. Ele era a atração principal e um monte de pessoas estava na fila. Aqueles que, como eu, estavam na fila dos portadores de deficiência, começaram a conversar ansiosamente uns com os outros enquanto ele estava cerca de uma hora atrasado. Finalmente, porém, chegou o momento, e eu entrei. Vê-lo na vida real era... – eu nem tenho palavras. Aqui estava o homem que havia trazido o personagem de Daryl à vida, e embora a foto não tenha me dado a oportunidade de dizer isso a ele, recebi o maior abraço e absolutamente amei a foto que tiramos. Depois, uma das garotas com quem estava conversando, veio até mim e me disse que minha foto era muito fofa.

---

10. NE: Tom Payne é ator britânico.

Fiquei empolgada com isso e já fazia planos para voltar no ano seguinte. Antes de ir embora, peguei o autógrafo do Chandler Riggs[11], que vale o seu peso em ouro agora, se as filas deste ano servirem de base. Foi um dia incrível.

  Em outubro de 2016, participei da nova e aprimorada *Nor-Con*, realizada em uma escala muito maior no *Norfolk Showgrounds*. Muitas pessoas fizeram *cosplay*, e havia adereços para interagir e foi muito além do que imaginava ser uma convenção. Tenho uma foto no Trono de Ferro (nunca assisti ao seriado *Game of Thrones*, mas não resisti) e meu irmão e eu passamos várias horas felizes apontando pessoas de diferentes fã-clubes e admirando os figurinos. Nós assistimos, admirados, à competição de *cosplay*. Foi realmente um ótimo dia e prometemos um ao outro que iríamos de novo no ano seguinte.

  E fomos. Desta vez me vesti da versão feminina de Negan de *The Walking Dead*, completa com Lucille, o infame taco de beisebol. Meu irmão, sua namorada e seu amigo se vestiram de *Team Rocket* e foram seguidos por um Giovanni que nos deixou um pouco assustados quando os chamou de seus "*minions*". Não tenho elogios suficientes para aqueles que organizam as convenções, ou na verdade, para aqueles que fazem *cosplay* ou ficam em tendas vendendo todo tipo de mercadoria *nerd*. Os convidados, também sei, ganham mais dinheiro do que Deus nessas coisas, mas vale a pena. Não acho que eles tenham ideia do quanto significa para alguém do interior como eu conhecer alguém a quem passei anos admirando.

  Na *Walker Stalker Con* deste ano, tive a sorte de conhecer Melissa McBride, que interpreta Carol Peletier em *The Walking Dead*, e fiquei muito ansiosa por estar ali. Eu disse a ela o quanto a sua personagem significava pra

---

11. NE: Chandler Riggs é ator norte-americano.

mim, e ela disse: "Obrigada pelo carinho." Também conheci Pollyanna McIntosh, que interpreta Jadis, e cujo enredo me fascinou. Tenho uma *selfie* com ela. Ela ficou ótima, eu, nem tanto. Finalmente, reencontrei Tom Payne. Ele estava doente na última convenção, então não tinha falado muito, mas desta vez ele estava bem, e tirei uma *selfie* e ele estava simplesmente adorável. Ainda muito lindo.

Não consegui nenhuma foto esse ano, não tinha dinheiro. No próximo ano, porém, estou planejando ter várias. Também quero ter a oportunidade de encontrar Norman Reedus[12] por mais tempo que os cinco segundos que uma foto leva para ser tirada, algo reservado para os ingressos mais caros. Realmente espero poder, porque adoraria poder dizer a ele o quanto Daryl significa para mim, e para mostrar a ele minha tatuagem inspirada em Daryl. Enviei um desenho para um livro de fãs que alguém fez para ele, logo espero que ele tenha visto.

O fã-clube é uma exibição incrível e vibrante da criatividade da humanidade, e do amor, e da paixão pela arte dos quadrinhos, televisão, filmes e muito mais. Às vezes, ele pode trazer à tona o pior em nós, mas 99% do tema ele nos une. Eu amo isso.

---

12. NE: Norman Reedus é ator, diretor, fotógrafo e modelo norte-americano.

Gênero e sexualidade

2018

Quase não escrevi este capítulo. Tipo, não precisava te dizer isso, não é? Não precisava entrar em detalhes sobre aquilo que não é imediatamente óbvio sobre mim. Mas então – isso seria meio desonesto da minha parte. Tenho um privilégio enorme por poder passar por mulher hétero cisgênero em um mundo profundamente cruel com qualquer um que se desvie das normas de gênero ou sexualidade, e aqui estou eu, ignorando o fato de que estou longe, longe de ser cis ou heterossexual.

No que se refere ao Autismo, sexualidade e gênero raramente são discutidos; aliás muitos nem mesmo percebem que as pessoas autistas querem ou precisam de relacionamentos. Mesmo programas como *Simplesmente Amor: além da primeira impressão* são estranhamente estéreis, pessoas autistas acompanhadas por seus pais como se estivessem indo ao primeiro baile da escola ou algo parecido. Há algo de muito pueril e infantilizador, e isso me irrita. Então, cartas à mesa.

Quando cursava o segundo ano, li os livros de *Os Cinco* e assisti à série baseada neles. Imediatamente me apaixonei por George, e pela primeira vez na vida percebi que havia mais sobre gênero do que simplesmente nascer em um. Poderia *querer* ser um menino, assim como George. Agora, eu pesquisei no Google, e há muito pouco sobre George ser potencialmente o primeiro ícone transgênero infantil, mas foi extremamente importante para mim. Me lembro de anunciar aos meus amigos (e a qualquer um que quisesse ouvir) na escola, que quando crescesse, seria um menino. Apenas parecia óbvio e fácil. Tipo, sem obstáculos, sem barreiras, seria apenas algo que eu faria, como pintar meu cabelo. Alguém me perguntou se eu faria "a cirurgia" e eu fui desencorajada – não era isso – quero dizer, eu não poderia simplesmente escolher?

Nunca fui feminina, mas depois da revelação de que meninas podiam ser meninos e meninos podiam ser meninas, e havia mais sobre gênero do que meus oito anos de idade conseguiam compreender, parei de usar vestidos e saias, e fiquei estritamente em uma estética de gênero mais neutro usando lã (isso nos anos 1990) e jeans. Não usaria uma saia novamente até que eu tivesse 15 anos, e mesmo assim, parecia que estava brincando de me fantasiar. Para ser honesta, ainda parece. Na mesma época, minhas amigas estavam curtindo as *boy bands*. Eu... não estava. Preferia Spice Girls, e Steps, e S Club 7 e Britney, mas não conseguiria nomear um membro de uma *boy band* nem que me pagassem. Não entendia a atração por homens andando por aí com seus abdomens de fora. Já as meninas? As meninas eram incríveis.

Eu meio que não pensei sobre isso, havia outras coisas acontecendo. É incrível quão pouco é possível pensar sobre um aspecto tão importante de si mesma quando se está constantemente ansiosa e vomitando muito, e eu cheguei até o Ensino Médio apenas com a vaga sensação de "bem, algo aqui está meio fora do lugar, mas tudo bem".

No final do Ensino Médio, fiquei no fã-clube por um tempo e fiquei atraída exclusivamente por pares masculinos/masculinos, me sentindo mais inclinada a me relacionar com eles do que com os pares heterossexuais ou pares feminino/feminino. Depois de superar o fator inicial de "eca" (onde ele foi parar?!), parecia muito menos nojento para mim do que qualquer coisa que, particularmente, estivesse acontecendo no andar de baixo. O que era complicado.

Olhando para trás, eu amo o quão ingênua eu era sobre tudo. Honestamente pensava que, quando as pessoas falavam sobre sexo em filmes ou na televisão, em músicas, na mídia, em todo canto, era tudo uma ficção, que ninguém realmente acreditava. As pessoas arruinavam seus casamentos por uma noite? Não conseguia entender isso. Eu nunca, nunca tive o impulso ou motivação para buscar nada parecido com isso. Claro, me apaixonei, mas a ideia de tocar os genitais de outra pessoa? Por favor, Deus, não.

Então, enquanto todo mundo estava ocupado tocando em genitais, eu lia sobre personagens fictícios se apaixonando, indo além das partes de tocar os genitais, focando na lenta concretização de sentimentos e de emoções reprimidas. Gostei da ideia do amor, mas a ideia de ser obrigada a dormir com outra pessoa (em qualquer sentido, para ser sincera, durmo como um animal selvagem, chutando, e rolando, e geralmente agindo de forma muito bizarra na verdade, então não acho que seria uma boa parceira de cama) me enojou.

O negócio sobre a internet é que as coisas andavam mais lentamente naquela época. E eu andei lentamente com isso. Minha página do Myspace tinha um pequeno botão, um pequeno pedaço de HTML que me declarava "hétero, mas não limitada a isso". Não discriminava quem eu achava bonito pelo gênero; eu sinceramente nunca pensei sobre isso até assistir a *Juventude à Flor da Pele*, uma série de TV britânica que se concentrava na vida de adolescentes e abordava questões que os afetavam.

Ela aparece no primeiro episódio, e é linda. Não sabia se eu queria ser ela ou segurar a mão dela (ambos, eu acho?), mas ela era como algo que eu poderia ter sonhado se os deuses do sono fossem particularmente gentis comigo. Cassie Ainsworth era incrível. Queria resgatá-la, queria ser ela, queria ajudá-la a se recuperar. Mesmo com o passar de todos esses anos, ainda me refiro a ela como o amor da minha vida. Tenho verdadeiras crises psicológicas sobre o que eu faria se Cassie e Bucky aparecessem na minha porta ao mesmo tempo, implorando pelo meu amor. Nunca consegui me decidir.

E essa é a famosa piada sobre ser bissexual, não é? Ser incapaz de escolher. Mas havia mais do que isso, eu era bissexual, claro, mas não queria a parte do sexo. Na melhor das hipóteses achava meio bobo. Parecia doer e isso não poderia ser divertido. Me lembro de pensar muito na frase "vá por amor à pátria"[13] durante esse tempo, e de me perguntar se isso foi criado pensando em mim.

Felizmente, minha completa falta de fascínio pelo assunto me livrou de uma situação em que o sexo sempre fosse uma opção. Como alguém com cara de batata, fui abençoada como uma espécie de ser sem interesse sexual, de modo geral, e minha vida de ermitã dos últimos dez anos fez com que eu chegasse aos 29 anos sem sequer beijar alguém.

O que é conveniente, mas solitário.

A palavra que encontrei, eventualmente, foi assexual. E era, e sou, completamente e totalmente, embora isso encoraje alguns comentários bastante desagradáveis e perguntas invasivas. Isso não significa que não goste de beijar ou de carinho, mas e além disso? Acho que eu teria que estar com alguém que realmente, realmente me

---

13. A expressão original é *lie back and think of England*. "Feche os olhos e pense na Inglaterra" é uma referência a relações sexuais indesejadas – especificamente um conselho para uma esposa relutante quando abordada sexualmente por seu marido.

interessasse, e teria que ser em benefício deles, e os limites teriam que ser muito solidamente estabelecidos. Ainda penso muito nisso. E me culpo. Isso limita o universo do namoro significativamente, porque o sexo é uma parte importante da vida de outras pessoas. Para mim é muito abstrato, como saltar de paraquedas ou nadar com tubarões. Claro, faça isso se quiser, mas eu **não** e vou ficar em casa, se você não se importa. O negócio sobre gênero? Isso é algo para o qual não encontrei palavras até há alguns anos. Nunca me senti como uma garota, mas a ideia de ser um homem, embora tentadora por inúmeras razões, parecia irreal, considerando que meço 1,57 e, de modo geral, sou muito pequena (não querendo depreciar qualquer homem trans pequeno que esteja lendo isso por aí, tenho certeza de que você é muito másculo e manda ver totalmente). Eu meio que adorei a ideia de ter pelos no rosto, mas tive medo do padrão de calvície masculino. Não entendia o motivo de a vida não ser mais parecida com o videogame *The Sims*, em que eu podia ir até o espelho e simplesmente mudar a minha aparência a cada dia. Porque foi assim que me senti – na maioria das vezes – me sentia no meio, mas em alguns dias me sentia mais em um lado do espectro de gênero do que de outro.

  Vivi intensas crises de disforia e ódio por mim mesma, jogando fora todas as minhas roupas que marcavam o gênero e me arrependia um mês depois, quando me acalmava novamente. Meu cabelo foi comprido, depois curto, depois longo e curto, e até hoje luto com isso porque por qual motivo o comprimento do meu cabelo tem que marcar um gênero?

  Meu peito é pequeno o suficiente para que possa me safar sem usar sutiã, a menos que eu esteja usando algo transparente ou que mostre algo (o que é quase nunca), e uso uma atadura barata que posso colocar, e isso já é muito.

Descobri que, às vezes, se tiver muita sorte, a River Island venderá jeans masculino tamanho 36, que me cai muito melhor e me agrada muito mais do que os femininos. Sou sortuda, pois sou naturalmente magra, praticamente sem curvas, se você ignorar minha escoliose.

O termo que uso para isso é não binário, o que significa que não me encaixo nas categorias binárias de masculino ou feminino. Faz parte do espectro trans (há muitos, muitos espectros, de gênero, de sexualidade, autista, o mundo raramente é tão preto e branco quanto as pessoas acham).

Se você olhasse para mim, você provavelmente não pensaria que sou outra coisa senão uma mulher heterossexual cisgênero. O que é extremamente frustrante muitas vezes, porque embora os vestidos sejam às vezes legais, e a maquiagem também, pareço performática de uma maneira que não deveria. Sei que, se me vestir como uma garota, eu recebo mais atenção online; se agir como uma garota, sou tratada de uma maneira, enquanto se mencionar ser não binária, recebo os comentários "gentis" de sempre, que acho que todos os millennials recebem apenas por existir fora das normas de conformidade da ala de direita. Como alguém que está há mais tempo no mundo virtual, pensando melhor, não recebo tantos comentários sobre ser apenas uma fase (maldita fase longa, eu pensei). E as pessoas online, em geral, se referem a mim pelos pronomes ele/ela – que é algo que anseio em minha vida cotidiana –, mas entendo que possa ser difícil de ser praticado pelas pessoas. Embora a gramática não esteja errada, soa errado para alguém que não está acostumado a isso, e eu não acho que o mundo já tenha chegado nesse ponto.

Então, isso foi divertido para mim. Por que eu te contei isso? Porque como disse, não se fala muito sobre esse assunto. E embora não deseje me relacionar sexualmente com alguém, outras pessoas autistas podem querer. E eu me preocupo que só por serem autistas, não estejam sendo considerados seres sexuais por si mesmos, ou, na verdade, seres genderizados, e dessa forma, estejam sendo deixados de fora de importantes conversas.

Saber quem você é, descobrir quem você é, pode levar uma vida inteira. Se você nunca foi informado sobre as opções, se essa sensação de erro apenas se instala dentro de você, pode levar a uma vida inteira de tormento. Então acho que é importante que tenhamos essa discussão, que permitamos que as pessoas autistas existam nos vários espectros LGBT+, bem como no espectro autista. Não faz mal a ninguém reconhecer que isso poderia ser uma opção, e é, muito provavelmente, uma realidade.

Poeira das estrelas

2017

Não sei como tomei conhecimento do concurso para o prêmio da *Spectrum Art* – pensado para descobrir artistas autistas e celebrar o que podem fazer e conquistar. Acho que me deparei com isso através de algum e-mail sobre Autismo, algum site enviou um boletim informativo. Entretanto, parecia uma ideia realmente única, e eu tinha muito a dizer e essa parecia ser uma oportunidade.

Eu não possuía o melhor equipamento – uma câmera que não focava corretamente, uma *webcam* no lugar de um microfone e o *After Effects*, um programa que não tinha certeza de como usar. A única coisa que sabia que podia fazer era escrever. Então, mandei ver.

Abri um documento do Bloco de Notas e comecei a digitar. Comecei do início – *te dirão que você é uma encrenqueira.* Eu me lembrei do Ensino Médio e da minha coordenadora telefonando para minha mãe. A partir daí, as palavras fluíram e em pouco tempo tinha toda a minha história de vida resumida em pouco mais de mil palavras. Algumas frases doeram para digitar, como algumas daquelas que tive que digitar para escrever isso – *você não tem autorização para ir para casa.*

Mas não queria que terminasse de um jeito negativo. Tinha que ter esperança, mesmo que eu não tivesse acreditado na época. Tinha estado na *Walker Stalker Con* na semana anterior, repare que ainda estou usando a pulseira no vídeo, e realmente tentei, realmente tentei ser a pessoa que eu sabia que deveria ser. Portanto, de certa forma, *"Como é ser autista"* é tanto um guia para mim quanto para qualquer um que assista.

Escolhi o título porque achei divertido. Não há uma maneira de ser autista, existem milhões. Cada pessoa autista é única, com uma identidade única, e queria passar essa mensagem. A minha experiência é a minha experiência. Pode não ser a sua. Mas podemos compartilhar algumas.

Eu sempre fui fascinada pelo monólogo *Pálido Ponto Azul, de* Carl Sagan, em que ele descreve como qualquer um que você já conheceu, ou de quem já ouviu falar, teve um lar, um lugar neste planeta, este estranho orbe giratório no espaço, que contém todas as nossas esperanças, e sonhos, e passados e futuros. Eu recomendo a leitura.

Outra citação de Carl Sagan que sempre me cativou é mais simples, mais sucinta – o fato de sermos "feitos de poeira das estrelas" (do *Cosmos*). Este é um tema que atravessa toda a cultura popular, especialmente quando entendemos cada vez mais sobre o *Big Bang* e como todos somos feitos dos mesmos elementos que existiam no início do universo e que existirão também no fim. Nem sempre teremos a mesma forma, nem sempre seremos sencientes ou conscientes, mas sempre existiremos neste universo até que se dobre em si mesmo e crie um outro universo. Quantas vezes isso aconteceu? Milhões? Bilhões? Uma vez? Quantas vidas vivemos sob um sol dourado, poeira das estrelas pulsando em nossas veias?

Amei isso desde a primeira vez que ouvi. Tive a real sensação de ser absolutamente minúscula e absolutamente enorme ao mesmo tempo. Tão mortal e sem idade de uma só vez. Somos poeira das estrelas. Somos planetas explodidos e somos todos milagres. Não temos como saber quantas vezes um buraco negro teve que explodir antes de nós aparecermos, antes que as estrelas se alinhassem perfeitamente para que existíssemos.

A mensagem mais importante, porém, foi repetida em todo o poema que escrevi, e foi simplesmente isso: *você sobreviverá*. Eu estava começando a perceber isso, e eu pensei, bem, se há esperança para mim, haverá esperança também para outras pessoas. Nós temos dificuldade, nós, pessoas autistas, o mundo não foi feito para nós, mas somos, para me citar, enormemente cósmicos. Somos excepcionais. Somos únicos. E não seremos silenciados.

Depois de escrever e editar o texto, gravei com minha *webcam* e mexi no áudio o melhor que pude no *Audacity*, tentando minimizar o ruído. Você sabia que 0,1% da estática que você vê na sua televisão é interferência do *Big Bang*? Sei que não é a mesma coisa, mas pareceu uma homenagem justa deixar o áudio um pouco imperfeito, e da mesma forma, o grão adicionado à filmagem é outro ponto para o universo.

Filmar foi a parte mais difícil. Foi uma única vez, e preparei o tripé e só me coloquei de volta no lugar dos meus 15 anos, com a desesperança, o sentimento de traição e de falta de confiança, o futuro sem perspectiva, por ser diferente sem saber a razão, se esticando. Eu usei apenas minha roupa íntima porque eu queria ser exposta. Não queria esconder nenhuma parte de mim. Não queria distração. Desejava somente estar na câmera, como um ser humano falando com outro ser humano.

A decisão final foi ter as palavras COMO É SER AUTISTA espalhadas pela tela durante todo o vídeo. Queria que se destacassem, em negrito, que fossem uma declaração que não poderia ser ignorada. Desejei que as pessoas lessem e quisessem saber mais.

Enviei o vídeo alguns dias depois, e então, esperei. Esperei por muito tempo. Pensei que seria como quando enviei os meus escritos e nunca mais tive notícia, ou que receberia uma recusa educada.

Nunca esperei ser selecionada.

Nunca, nem nos meus sonhos mais loucos, esperava nada do que veio depois.

Eu nunca, nunca, esperava ganhar.

As coisas todas

2017-2018

Depois que enviei o meu vídeo e quase me esqueci dele, continuei com minha vida. Me esforcei mais para sair mais vezes, especialmente para o meu maior inimigo – Tesco. É o melhor dentre muitos supermercados ruins para mim, mas ainda assim, não é uma experiência agradável e costumo me esforçar muito para fazer as compras. Minha mãe sempre vai comigo e me dá as chaves do carro, logo, se precisar sair, posso ir me sentar no carro. E estava tentando.

Eu também tinha um novo sobrinho para ajudar a cuidar. Em julho, Roan Apollo se juntou ao seu irmão mais velho, Ethan, e sua irmã mais velha, Ella. Ele era o bebê mais esperto que eu já conhecera, desde o primeiro dia os olhos dele me acompanhavam e dava para saber que havia alguém ali. Nunca conheci outro bebê como Roan. Ter meus sobrinhos e sobrinha tem sido uma grande ajuda para mim. Tenho pessoas para ficar por perto, e também, à medida que crescem, preciso ser alguém que eles admirem. Tornou-se extremamente importante para mim que eu fosse vista como alguém de quem eles poderiam se orgulhar. Talvez não da mesma forma que outras crianças se orgulham de seus tios, mas não queria ser uma inútil. Desejo estar lá para quando eles precisarem. Quero ajudá-los a crescer e a progredir. Então, tive que me permitir crescer e progredir também.

As crianças realmente fazem com que você aprecie a passagem do tempo e o quão rapidamente ele se esvai como água escorrendo pelas mãos em concha. Estava chegando aos 30 e não tinha conseguido nada. Queria, de alguma forma, fazer a diferença. Por muito tempo, todos os meus títulos de blog foram para "criar algo bonito". Queria fazer isso. *Como é ser autista* foi uma tentativa. E assim é. Haverá muitas outras tentativas. Criar algo bonito não é um objetivo finito, é algo com base na pureza, e bondade, e honestidade, e acho que arte é isso.

Em 16 de agosto de 2017, recebi um e-mail informando que havia sido selecionada para o prêmio da *Spectrum Art*. Eu não conseguia acreditar. Naquela mesma tarde , minha mãe tinha ido a uma instituição de caridade para obter ajuda no preenchimento do meu formulário de benefícios, enquanto estava sentada em casa pensando sobre o quão inútil eu era porque precisava que ela fizesse isso por mim. E agora aqui estava eu, sendo percebida. Longe de ser inútil. Não há vergonha alguma em precisar de benefícios, mas a narrativa da mídia é de que há, e se você ouve uma coisa muitas vezes, você começa a acreditar.

Mas isso – receber o e-mail, ser informada de que receberia a visita e seria entrevistada por Mary, CEO da *Spectrum*, e Sacha, uma das juradas do prêmio de arte, e a ideia de representar pessoas autistas e nosso trabalho artístico – foi tão surreal! Minha mãe ainda não estava em casa, e eu não sabia como contar a ela. Não havia contado a ela sobre a filmagem que fiz. Não contara a ninguém.

No fim, enviei uma mensagem pelo grupo de WhatsApp da família, dizendo algo como "a propósito, acho que fui selecionada para um prêmio de arte". Minha irmã riu quando leu. Ela foi para casa com minha mãe após o preenchimento do formulário de benefício e disse "bem, acho que não precisávamos ter preenchido isso". Mas o futuro estava longe de ser certo e ser pré-selecionada não significava ganhar. Não havia chance de realmente ganhar essa coisa, havia? Quer dizer, eu era eu, e apesar dos meus maiores esforços, minha autoestima foi (e ainda é) surpreendentemente baixa. Só podia haver algum engano.

Em 18 de outubro, Mary e Sacha me visitaram. Ambas eram tão lindas, e me esforcei para responder às perguntas delas. Fui honesta, talvez excessivamente, e falei sobre não querer que mais ninguém passasse pelo que passei. Desejava fazer a diferença, ser um instrumento. Se meu vídeo pudesse fazer isso, então seria tudo o que eu poderia pedir. O prêmio em si era secundário. A mensagem era tudo. A arte é a arma.

No dia 19 de dezembro, um fotógrafo veio tirar minhas fotos para publicidade. Aquilo estava saindo do controle a um ritmo alarmante e eu estava embarcando nessa viagem e amando. Pela primeira vez parecia estar realmente viva, e me senti inspirada, motivada e, embora soubesse que não venceria, estava simplesmente feliz por ter sido incluída. Mary e Sacha prometeram que, mesmo que eu não ganhasse, receberia apoio da *Spectrum*, o que significava que eu, felizmente, ainda teria a minha mensagem chegando a outras pessoas.

Em 19 de março de 2018, recebi um e-mail informando que eu era finalista, e que minha filmagem seria exibida na Saatchi Gallery com o trabalho de outros seis finalistas.

Nunca tinha ido a uma galeria de arte antes. Agora eu ia estar em uma. Precisava de algo para vestir.

Finalista

2018

Viajamos para Londres na segunda-feira. A inauguração da exposição seria na noite de terça-feira, mas havia algum compromisso com a imprensa planejado para a parte da manhã na Saatchi Gallery, então tínhamos que estar lá alegres e radiantes.

Meu tio tem um apartamento em Shepherd's Bush, que chamo de nosso *AirBnB* em todas as vezes em que ele não esteve ao longo dos anos (não muitos, na verdade, talvez três ou quatro particularmente, mas ainda assim). Ele me ensinou a usar o Uber, e me perguntou sobre como eu estava me sentindo, que era malditamente nervosa. Escolhi um vestido incrível que – por puro acaso – realmente ficou super legal em mim, não tenho muita sorte com roupas, mas minha mãe só deu uma olhada quando eu experimentei e disse – "é esse, é esse". Tinha tudo o que precisava, incluindo bastante Diazepam porque "caso necessário" parecia muito necessário agora.

Na verdade, consegui dormir um pouco na segunda-feira à noite, pois, estranhamente para Londres, as sirenes não tocavam a cada cinco minutos e estava bastante quieto. Descobri, também, o segredo para me livrar das cólicas estomacais, consequência da ansiedade que me atormentaram por anos. Buscopan! Minha mãe me recomendou e experimentei em um momento de desespero. Os comprimidos funcionam tão rápido – são pequenos milagreiros. Nós, pessoas autistas, temos que pensar fora da caixa às vezes (bem, já estamos fora da caixa, somos caixas, sobre caixas, sobre caixas).

Na terça de manhã vesti um macacão que me fez parecer mais alta do que sou. Solicitei o Uber e, em pouco tempo, eu e meu pai, que tinha viajado para me apoiar, fomos para a Saatchi Gallery. O percurso não levou nem cinco minutos, e o Uber foi atingido por um caminhão e teve o retrovisor arrancado. O motorista do Uber parou o carro e ligou o pisca alerta e simplesmente correu atrás do caminhão, nos deixando sentados lá imaginando o que raios deveríamos fazer. Ele finalmente voltou, xingando e irritado, o que era bastante compreensível. Algumas ruas depois vimos a van estacionada, trocamos informações, e finalmente fomos para a galeria. (O tempo todo minha ansiedade estava aumentando, mas de uma maneira muito abstrata. Há uma citação de John Mulaney sobre a idade adulta que se encaixa a essa situação que é "isso também pode acontecer". Estive pensando muito nisso ultimamente!). Chegamos cedo e a equipe não nos deixou entrar, então nos sentamos ao sol nas dependências da galeria e esperamos abrir. Não ficamos lá por muito tempo, e antes que percebesse, estávamos nos encontrando com todos da *Spectrum* e pude ver meu trabalho em uma galeria pela primeira vez.

A sala estava lindamente disposta, um grande espaço branco com todos os tipos de obras de arte, uma enorme escultura no meio da sala, obras áudio visuais (incluindo a minha) em três paredes, e pinturas ocupando as paredes restantes. Parecia leve, e arejado, e de forma alguma claustrofóbico. Eu, de repente, me senti muito classe média, de verdade.

Eu tive que tirar algumas fotos para a imprensa, o que foi aterrorizante porque não fico natural na frente da câmera. Você pode encontrar o banco de imagens online e dar boas risadas às minhas custas, se quiser, pareço um cervo assustado por faróis. Não ajudou ter tido minhas sobrancelhas, arruinadas em um salão alguns dias antes, e eu estava sentindo a perda.

Em seguida, dei uma entrevista para o *London Live*, com um homem adorável que perguntou sobre o meu trabalho. Durante a entrevista, pensei na boa mensagem de sorte que minha sobrinha e meu sobrinho me enviaram naquela manhã, e aquilo me ajudou. Tentei responder da forma mais eloquente que pude, e todos que assistiram disseram que me saí bem.

(Você não odeia quando diz ou escreve algo que não pode voltar atrás e imediatamente pensa em dez maneiras melhores de dizer aquilo? Faço muito isso ultimamente. Só espero que fique mais fácil com o tempo.)

Depois que tudo isso foi feito, dei uma boa bisbilhotada nas obras dos outros finalistas. Qualquer esperança que tinha de ganhar se foi. Elas eram todas incríveis, absolutamente lindas, surpreendentes e ousadas. A minha parecia pouco profissional e medíocre em comparação, como um erro ou uma gentileza. Me conformei em não ganhar. Ser finalista não seria necessariamente uma coisa ruim – ainda é uma conquista incrível – mas acho que todo mundo meio que quer ganhar, certo?

Minha mãe pegou o trem por volta das 16h, e a abertura da exposição seria às 18h, logo voltamos para a casa do meu tio e eu dormi, e meu pai foi explorar Londres. Ele é incrível desse jeito, você pode ir com ele a qualquer lugar e quando estiver muito exausta ou muito ansiosa, ele vai sair e encontrar algo para fazer. Eu invejo imensamente isso.

Minha mãe chegou em segurança, um pouco mal-humorada com meu pai por esperar por ela na plataforma errada, e ela me tranquilizou dizendo que tudo sairia bem e que ela estava orgulhosa de mim por ter chegado tão longe. Minha mãe, meu pai e tio iriam naquela noite, assim como meu amigo Mervyn, de quem falei o tempo todo no capítulo sobre a faculdade.

      Mervyn é incrível. Ele vai negar, mas realmente é. Perdi o contato com ele depois da faculdade, e foi por acaso que começamos a conversar novamente. Espero que ele não se importe que eu admita como o encontrei, mas eu estava navegando pelo *OkCupid* (a esperança é a última que morre, certo?) e lá estava ele. Escrevi uma mensagem do tipo: "lembra de mim?" e ele lembrava, e não demorou muito para percebermos o quanto tínhamos em comum, e como poderíamos ter sido amigos por anos, embora, talvez, tivéssemos que ser quem éramos quando começamos a conversar para que isso fosse possível. Não sei, não acredito em destino, mas as estrelas definitivamente se alinharam quando me deparei com o perfil dele. Começamos a enviar mensagens muito longas para os dez mil caracteres de limite do *OkCupid* e migramos para o e-mail. Isso foi há uns quatro ou cinco anos. Nos correspondemos desde então. Naquela noite, porém, seria a primeira vez que nos víamos em 13 anos. Eu estava tão animada quanto nervosa – e se não nos dermos bem na vida real? A noite parecia uma noite de dois grandes eventos: descobrir se venci (uma grande coisa) e encontrar com Mervyn (outra grande coisa).

      A exposição só foi aberta ao público às 19h, então passamos muito tempo andando e conversando com todos na *Spectrum*, e olhando as obras de arte, e tentando nos acalmar. Acho que todo mundo ficou um pouco nervoso, exceto talvez meu pai. Ele nunca ficou nervoso um dia na vida.

      Às 19h, as pessoas começaram a entrar, e em pouco tempo os números estavam aumentando e a sala ficou cheia.

Mandei uma mensagem para Mervyn para perguntar se ele estava lá ainda. Ele respondeu dizendo que sim, e corri para encontrá-lo. E lá estava ele – o mesmo Mervyn que conheci na faculdade, o mesmo Mervyn para quem eu tinha aberto o meu coração através de e-mails, ali, e eu apenas o abracei o mais forte que pude. Na verdade, eu dei o máximo de abraços que pude naquela noite, e ainda não me parece suficiente.

    Nos separamos da minha família e ficamos andando por lá, conversando e olhando as obras de arte, tentando decifrá-las. O que era muito mais intrigante, no entanto, era a comida, que foi servida em terrários e outras coisas que você encontra em um centro de jardinagem. Nem eu nem Mervyn bebemos, então experimentamos uma mistura de frutas horrível, o que foi imediatamente considerado um erro. Recusamos a oferta de experimentar os palitos de patê de fígado de pato. (Se fosse organizar um evento sobre autismo, faria o que minha irmã fez para sua recepção de casamento e pediria várias pizzas. Como expliquei anteriormente, pessoas autistas não se dão bem com novos alimentos, e talvez o mundo da arte e a elite londrina tenham paladares muito sofisticados, mas não consegui encontrar nada para comer naquela noite. Até minha água tinha um pedaço de pepino dentro. Foi tudo muito estranho.)

    Depois de uma hora de galeria cada vez mais cheia, de conversas e de recusas de comida que pareciam que deveriam estar em exibição em vez de serem comidas, começaram os discursos.

    Meu estômago revirou. Isso significava que o vencedor seria anunciado em breve?

    Sacha andou pela sala explicando cada obra de arte e a razão de ter sido escolhida. Eu realmente não consigo lembrar o que ela disse sobre a minha, minha memória de toda a noite é meio fragmentada e nebulosa, mas presumo que tenha sido elogiosa (quer dizer, seria meio estranho se não fosse, então sim, vamos de cortesia). Vimos uma incrível performance de outro finalista, e depois Simon Baron-Cohen, um dos precursores da pesquisa sobre o Autismo, levantou-se para falar sobre o Autismo e o prêmio.

E então, chegou a hora.

Eles não fizeram a pausa dramática como na televisão, mas ainda parecia demorar uma vida inteira.

"E a vencedora é... Charlotte Amelia Poe."

Minhas pernas viraram gelatina e a primeira coisa que percebi foi minha mãe me abraçando e dizendo: "você conseguiu, você conseguiu", e então Mervyn me abraçou, e todo mundo estava batendo palmas e fiquei em choque. Não conseguia pegar nada, parecia um sonho de tão, totalmente, surreal.

Muitas palavras gentis foram ditas sobre a minha filmagem, sobre sua crueza e honestidade, mas eu mal conseguia ouvir. Apenas fiquei lá, tentando pegar o prêmio. Eu realmente ganhei. Isso ia mudar minha vida. Depois de muita dor de cabeça e depois de deixar todo mundo para baixo tantas vezes, finalmente fiz algo positivo. Eu não era apenas a pessoa que se escondia no quarto e escrevia e torcia para ser notada um dia – *eu* tinha sido notada. Foi incrível.

Tantas pessoas vieram me parabenizar, e eu não sabia mais o que dizer, mas obrigada, obrigada, obrigada. Uma jurada me disse que foi uma votação unânime, o que me pareceu insano. Parte de mim queria protestar, mas eu a engoli. Eu ganhei. Isso não era uma coisa por simpatia, eles me escolheram porque honestamente achavam que eu merecia.

Mervyn ficava repetindo para mim o quanto eu merecia, e eu simplesmente não conseguia tirar o sorriso do meu rosto. Ele estava sorrindo muito também. Foi simplesmente incrível.

Eu ganhei.

Levou muito tempo para eu internalizar.

Na verdade, demorou quase uma semana. Continuei acordando no meio da noite por tempos depois pensando que era a noite anterior à exposição, e que tinha sonhado com a coisa toda.

Você leu minha história. Provavelmente foi um pouco deprimente em algumas partes. Com certeza foi deprimente viver. Se você pudesse ter dito para mim aos seis anos, aos 16 anos, ou mesmo com 26, que eu ganharia um prêmio de arte, que seria um artista premiada, que estaria na Saatchi Gallery cercada por pessoas que amo, deixando-as orgulhosas, não teria acreditado em você.

Saímos uma hora depois, me despedi de Mervyn com outro abraço, desejando que eu pudesse levá-lo para casa comigo e voltamos para o apartamento do meu tio. Parecia... – eu nem sei. Todo mundo estava tão eufórico. Começamos a repassar aquela noite para ver se de algum modo conseguiríamos prever isso, mas não fazíamos ideia.

O mundo tornou-se mais estranho do que eu já imaginava antes, mais maravilhoso ainda. E isso foi só o começo.

Olhando para o céu

2018

Vencer parecia tão distante de qualquer coisa que eu já havia experimentado, e também parecia um dedo do meio definitivo para todas aquelas pessoas que me escreveram ou que me chamaram de encrenqueira.

Tantas pessoas tinham visto a minha filmagem. Tinham ouvido aquelas palavras. Eu só posso torcer para que isso ajude.

O gerente de relações públicas ligou e disse que a *Sky News* queria entrevistar a mim e a Charming Baker, um dos jurados, ao vivo, naquela tarde. Após muita negociação, conseguimos conciliar um horário. Não tinha dormido na noite anterior, e tinha tirado uma soneca de uma hora naquela tarde, acordei me sentindo acabada como se acorda às vezes depois de uma soneca que não deveria ter tirado. Queria ir para casa. Não ficava longe de casa há tanto tempo desde o acampamento no Ensino Fundamental, e eu odiava na época e isso agora estava começando a me deixar sem paciência. Mas *Sky News*? Não podia recusar.

Usei minha camiseta de Keaton Henson porque ele sempre me inspirou. Eu sempre disse que, se eu tivesse um décimo do talento que ele tem no dedo mindinho, ficaria feliz. (Ele é um músico, um artista, um compositor, um poeta, um escritor, ele é um gênio. Adoraria conhecê-lo um dia e simplesmente agradecer-lhe, embora eu nunca fosse capaz de encontrar as palavras.). Ele me inspirou a escrever, e muitas vezes ouvia a música dele enquanto escrevia. Parecia uma homenagem adequada.

Eles enviaram um carro para mim (carros eram chamados para mim – minha vida tinha virado de cabeça para baixo para sempre) e no caminho para o estúdio, meu pai se sentou ao meu lado, me falando bobagens como eu teria pedido, para distrair minha cabeça do fato de que eu falaria ao vivo na frente de milhões de pessoas. Minha mãe e meu tio, que estavam no apartamento, assistiriam pela televisão.

No momento em que saímos do carro, a chuva começou a cair com enormes gotas pesadas nos encharcando até os ossos. Passamos pela segurança e corremos para o prédio, que ficava tão longe do estacionamento quanto se pode imaginar. Quando chegamos lá e entramos, parecíamos ratos afogados. Charming nos chamou e ele e o meu pai tomaram um café enquanto eu me perguntava o que diabos ia fazer ou dizer. Eu *realmente* não queria vomitar em Kay Burley.

Em pouco tempo, um mensageiro veio nos pegar e nos levar para o quarto dos horrores, onde fui convencida a passar por uma sessão de cabelo e maquiagem e vou te falar uma coisa, se tivesse dinheiro, contrataria uma maquiadora profissional para me acompanhar por aí todos os dias. Agora eu entendo! Ela secou e penteou meu cabelo, me maquiou lindamente (normalmente não faço maquiagem alguma, então foi como ver uma pessoa diferente), ela até conseguiu passar delineador em mim (é muito engraçado ver as pessoas chegando perto dos meus olhos, não consigo nem curvar meus próprios cílios). Quando ela terminou, eu parecia uma pessoa diferente. Ela até consertou minhas sobrancelhas.

Em seguida, seríamos levados, eu estava preocupada com isso, mas àquela altura já tinha me acostumado com a ideia. Eu estava literalmente tremendo nervoso, e se você assistir à entrevista, você notará que Kay destaca o meu tremor logo no início.

Nos disseram como as coisas funcionariam, que haveria 30 segundos de intervalo quando entrássemos no set e nos sentássemos nas nossas cadeiras, e assim que isso terminasse, não deveríamos nos mover até que nos avisassem.

No segundo em que entrei lá, esqueci completamente que alguém estava assistindo. Eles deveriam nos preparar para as perguntas, mas por estarem atrasados, não houve tempo. Fizeram perguntas difíceis. Fiz o melhor que pude, Charming e Kay me resgataram mais de uma vez. Era como assistir *University Challenge* – eu sabia que descobriria a resposta se pudesse ter só mais alguns segundos para pensar.

Acabou antes que eu percebesse. Kay perguntou se gostaríamos de uma *selfie*, que tiramos, e então eu fui levada e fomos mandados para casa. Eu estava em um transe, não conseguia me lembrar de nada do que disse, e só esperava que eu tivesse me saído bem.

Um carro estava esperando para nos pegar e nos levar de volta para a casa do meu tio, e minha mãe esperava por mim, ela me mandou uma mensagem e me disse que eu tinha me saído bem. Também me disse que nunca teria conseguido fazer o que fiz, o que me intrigou, como eu acreditava que pessoas neurotípicas poderiam simplesmente fazer coisas assim? Acho que ainda tenho muito a aprender.

Voltamos para casa para evitar a hora do trânsito, mas pegamos engarrafamento de todo jeito. Demorou uma hora e meia para sair de Londres propriamente dita, e então não chegamos em casa antes de 21h30. Estava tão cansada que só queria dormir por cerca de alguns milhões de anos. Também estava com fome. A ansiedade não te deixa ter fome.

Quando chegamos em casa, pude assistir à entrevista da *Sky* pela primeira vez. Me encolhi a cada fragmento de frase que não consegui completar, mas não foi assim tão mal, pensei. E pela primeira vez na minha vida, achei que realmente parecia até bonitinha.

Sei que continuo dizendo isso, mas foi surreal assistir, foi como assistir a outra pessoa. Não conseguia acreditar que uma semana atrás eu estava ajudando a cuidar do meu sobrinho mais novo e, de repente, naquele dia estava na *Sky News*.

A *Spectrum* telefonou e me parabenizou, dizendo que fui muito bem. Não estava tão certa disso, mas acho que me saí bem. E consegui mencionar a coisa que você está lendo agora, tudo indo conforme o plano, que é o livro que queria escrever há anos – a história de como ser autista.

melhor

eu li um verso em um livro recentemente
que dizia "isso é o que melhor é para mim"
e melhor não era exatamente o máximo, era mais tipo sobreviver
do que progredir
- veja -
às vezes você não consegue escolher o caminho menos percorrido
ou mesmo o caminho com placas de sinalização e guias completos
às vezes é bastante difícil chegar na linha de partida
que dirá perambular
embora outros atravessem lama e rios
deixando suas botas frias e molhadas
rindo da natureza e de como o mundo os faz sentir vivos
há aqueles de nós que ficam do lado de dentro
e começam a esquecer como é o sol na pele
ou a sensação de conhecer alguém novo sem pretensão ou
expectativa
quando o barulho oprime
e há muito para ver
porque o mundo é de arestas afiadas, demais para mim
quando passeios de carro tarde da noite e conversas de meia hora
são o máximo que esse cérebro confuso pode suportar
quando você me procura e descobre que eu não estou lá

quando você faz um buraco dentro do meu peito e passa pela minha coluna
e eu pergunto se agora você consegue ver através de mim
enquanto eu sangro esse vinho profano
você não responde porque finalmente vê
isso é o que melhor é para mim.

Melhor

2018

Quando comecei a escrever este livro, tinha muitas ideias sobre o que queria dizer, sobre como queria retratar minha vida. É fácil pensar essas coisas, porém muito mais difícil colocá-las no papel. Não quero que ninguém pense que o que aconteceu comigo é uma fatalidade, ou que Autismo é o fim do mundo. Não é, realmente não é.

Às vezes é difícil ser proativo. Tenho consciência de que perdi muitos anos para a inércia de apenas existir, sem rumo, sem nenhum senso de direção. E odeio isso. Odeio não ter conseguido ir para a universidade. Odeio ter falhado na escola de forma tão espetacular. Odeio não participar de um grupo sólido de amigos ou ter uma parceria em quem possa confiar. Odeio ainda morar em casa. Mas estou melhor do que estava. A aversão a mim mesma vem de anos ouvindo que era inútil ou difícil – e isso é árduo de superar, especialmente sem ajuda. Mesmo agora, me sinto uma fraude, como se – de alguma forma – tivesse traído e enganado a todos com o prêmio da *Spectrum Art*. Entrei nessa porque tinha algo a dizer, não porque me considerava uma artista. Só queria contar minha história e ter a esperança de que alguém a ouvisse. Nunca pensei que ganharia. Tudo o que se seguiu me deixou totalmente confusa e realmente não sei o que te dizer – eu tentei criar algo bonito, em um momento em que minha vida estava mudando de modo pequeno e gradual, e isso meio que escapou de mim.

Há algumas pessoas naturalmente muito envolventes e talentosas. E aí tem eu. Quando sou entrevistada, minha mãe sempre me diz para ser eu mesma. "Mas essa é a pior pessoa que eu poderia ser!", respondo. Não falo de brincadeira.

Estou me esforçando para colocar o passado no lugar dele e escrever este livro tem sido catártico nesse sentido, mas é algo que tenho que levar comigo também. Se você me desse uma máquina do tempo, há muita coisa que mudaria, mas então fico preocupada, o que eu perderia fazendo isso? Será que ainda teria os meus sobrinhos e sobrinha? Meus gatos? Se mudar o passado, perco as coisas boas do agora?

Meu sobrinho mais velho é um espoleta e um monge ao mesmo tempo. Ele é tão esperto. E sabe disso. Ele não verbaliza que sabe tudo. Mas também é um dos seres humanos mais gentis que já conheci, é completamente sem preconceitos, e não quer que eu seja outra pessoa, a não ser eu mesma.

Minha sobrinha é alegria, pura alegria engarrafada. Ela não tem a confiança de seu irmão mais velho. Muito inteligente, mas ela não acredita muito nisso. Ela é uma princesa, mas o tipo de princesa que você leria em uma história, que trabalha muito pelo seu final feliz. E é tão gentil e amável quanto o seu irmão, igualmente agitada.

Meu sobrinho mais novo tem apenas dez meses enquanto escrevo isso, mas já faz parte da minha salvação. Nunca me liguei muito a bebês, eles são muito frágeis, e muitas vezes eles simplesmente não estão "lá" o bastante para realmente me conectar. Mas ele estava lá desde o momento em que abriu os olhos. Ele é ao mesmo tempo a força mais destrutiva e exigente na minha vida, ele consome tanto do meu tempo, e me sinto honrada por ele me permitir isso. Senti medo quando ele nasceu de que eu não fizesse parte de sua vida, de que não conseguisse amá-lo o suficiente, mas eu o amo, e consigo vê-lo quase todos os dias.

Como eu poderia voltar no tempo e arriscar perdê-los?

O tempo é cruel, porque ele dá e leva. Quem sou agora é moldado em quem eu era cinco anos atrás, dez anos atrás, vinte anos atrás. Sou tudo o que aconteceu comigo. Não posso mudar isso. Posso mudar como penso, sinto e respondo a isso, mas não posso mudar os tijolos do edifício que me construíram.

Preciso aceitar isso, por mais difícil que pareça. Não é fácil. Dentro da mesma forma que você não sai da depressão, você não pode simplesmente sair fora do transtorno de estresse pós-traumático (TEPT) e tudo o que isso implica. Os pesadelos não vão simplesmente embora, os momentos em que você está sentado e de repente você está lá atrás, bem lá atrás, apenas por alguns segundos, antes de você estar de volta ao presente, e parecer tão real – isso não vai embora. A ansiedade, a depressão, todas as defesas que o seu corpo e cérebro construíram para protegê-lo – a desconfiança da autoridade e a natureza rebelde de sua alma, você não pode simplesmente cancelá-los porque o perigo passou.

Quando você sobrevive a algo, seja um trauma prolongado por crescer e ser tratado como algo na sola do sapato de alguém, repetidas vezes, ou seja, apenas um grande trauma, não importa o que seja – ainda é válido. Nós, como sociedade, gostamos de comparar as dores e angústias mentais como se uma pudesse de alguma forma superar a outra. Mas a sua dor é a sua dor, e se ela está te machucando, então importa. Não se compare com outra pessoa, apenas consigo mesma. Dia a dia, hora a hora. Se você sentir que corre algum risco, conte a alguém. Se você se sentir um pouco melhor, tenha isso como uma vitória. Sei que é um clichê e muitas vezes repetido, mas realmente melhora. E sei que os recursos não estão lá fora. Eu sei. Mas você passou por tudo até agora, e você ainda está em pé. Isso é absolutamente incrível, você sabia disso?

Me custou muito tentar ser funcional na escola, e ainda me custa ter de falar com as pessoas agora. Não sei se isso realmente vai mudar. O quanto tudo é difícil. O tempo todo. Mas posso dizer subjetivamente, pelo menos, que é melhor do que era. É muito idiota, mas é verdade, viver uma vida feliz após o trauma realmente é o maior "foda-se" que você pode dar para a pessoa ou pessoas que te feriram.

Ao escrever o texto de *Como é ser autista*, acho que esperava que eles vissem – todas as pessoas que me disseram que eu não valia nada, que me chamaram de encrenqueira. Queria que eles vissem e percebessem o que tinham feito, tanto de bom quanto de ruim. Eles me deixaram mais forte, mas também me empurraram ao ponto de ruptura. Gostaria de não ter passado por isso. Tenho certeza de que você está pensando em coisas pelas quais não deveria ter passado também.

Viver bem é a melhor vingança, certo? Bem, nem todos nós aproveitamos a oportunidade ou temos o privilégio de viver bem, mas podemos viver da melhor forma possível. Há prazer nas pequenas coisas, e acho que esquecemos disso. Se ficarmos inertes, insensíveis ao mundo, esquecemos de como sentir. Eu sei, porque eu esqueci. Depressão não é algo que você consegue se convencer a deixar de sentir, por mais que isso fosse bom, nem a ansiedade, mas há maneiras de lidar, maneiras de fazer com que não seja tão ruim. Há uns mil blogs e vídeos online dedicados à saúde mental, e centenas de instituições de caridade que querem te ajudar a viver sua melhor vida.

Acontece que eu precisava de quatro coisas – minha sobrinha e sobrinhos, e um milagre. O meu milagre foi o prêmio da *Spectrum Art*, e foi como um raio em céu azul, inesperado. Não posso te dizer qual será o seu milagre, e não é que seja um milagre divino, é apenas um acaso, algo que vai acontecer porque o universo é mais estranho do que podemos imaginar. Às vezes, você tem que correr atrás dele. Às vezes, simplesmente chega até você. Se aprendi alguma coisa disso tudo, foi a ir atrás das oportunidades. Se você criar arte em qualquer forma, existem milhares de zines online que estão buscando por alguém como você e que pagarão pelo seu trabalho. Há competições o tempo todo. Há cafés que procuram exibir o trabalho de artistas locais.

E se você sente que realmente não consegue criar nada, você está errado. Sei que você consegue. A arte não é inerentemente boa ou má, feia ou bonita, é honesta. O próximo capítulo tratará mais sobre isso, mas qualquer um pode fazer arte. A arte não discrimina classe ou credo, fazer marcas no papel é algo que quase qualquer um pode fazer. Se Jackson Pollock pode beber vodca e respingar tinta, quem na Terra pode lhe dizer que o que você criar é menos digno? Menos valioso?

O que está melhorando? Não sei. É um processo. É sobre olhar para trás onde você estava há seis meses e não conhecer mais aquela pessoa. É se perguntar se você se reconheceria se voltasse aos seus dez anos e contar quem você seria, o que você realizou.

Ao vir ao mundo, recebemos muito pouco. Mas continuando a lutar, todos os dias, em um mundo que não é nosso e que não é feito para lidar conosco, mostramos o quão forte somos, e a cada segundo que respiramos estamos em total desafio a todos que nos disseram que estávamos errados.

Por favor, não desista.

Quem conta nossas histórias?

2018

Quem conta as histórias das pessoas autistas? Noventa e nove por cento do tempo são pessoas neurotípicas – autores neurotípicos, cientistas neurotípicos, dublagens neurotípicas. São as narrativas deles que somos forçados a nos conformar, e são as narrativas deles que o público vê.

Esta é a minha narrativa. Este é um livro de uma pessoa autista, e não é apenas para pessoas autistas, mas para todos. Não é justo que sejamos silenciados, que existam instituições de caridade de autismo sem um único membro autista no quadro, que sejamos falados ao longo dos tempos. Pense sobre o programa de televisão *Simplesmente Amor* e como a filmagem é manipulada para nos fazer parecer tolos e ineptos. Compare com um programa semelhante, *À Primeira Vista*, em que a inaptidão não é ridicularizada, mas vista como humana, ou na pior das hipóteses, chata. Somos uma peça de quebra-cabeça, precisando de conserto.

E somos? Ou somos mais do que isso? Em vez disso, não somos todos indivíduos com nossas próprias habilidades únicas, simplesmente como todos os outros? Não somos fortes, corajosos e magníficos do nosso próprio jeito? Às vezes, podemos não ser capazes de encontrar palavras nossas, mas isso não significa que devam ser substituídas pelas de outra pessoa.

As pessoas estão cientes do Autismo da mesma forma que estão cientes de incêndios domésticos: ambos são coisas assustadoras que acontecem com outras pessoas. Mas quanto mais pessoas procuram diagnóstico e mais pessoas são diagnosticadas com sucesso, é hora de a sociedade perceber que isso pode acontecer com você, ou com alguém que você ame. E que as pessoas com Autismo não são assustadoras. Nossas vidas são só apavorantes para nós pelas intervenções que atravessam o nosso caminho, pelas pessoas que não entendem, por ambientes opressivos que não atendem à nossa forma única de ver o mundo.

Pense, por um momento, se você conhece alguém que usa óculos ou lentes de contato. Claro que você conhece. Mas imagine se ter hipermetropia ou miopia fosse visto como a deficiência que realmente é, se fosse tratado com estigma e as pessoas não recebessem ajuda para isso. Imagine as pessoas sendo incapazes de trabalhar porque não enxergam bem o suficiente para dirigir, atravessar a rua ou usar um computador. Imagine um mundo em que "uma epidemia de miopia varresse a nação".

Mas não é assim, é? Há uma *Specsavers*[14] em cada rua principal. Esta é uma deficiência que é atendida, os óculos estão disponíveis para qualquer pessoa, lembretes de check-up são colocados nas caixas de correio.

Eu não estou pedindo uma rua principal para pessoas com autismo, mas estou pedindo por mais do que temos. Só porque você não pode *ver* o autismo, não faz dele uma deficiência menor do que qualquer outra. Lutamos a cada dia. Somos feitos para nos sentirmos como fardos. Somos deixados em casas. Somos colocados em listas de espera. Somos intimidados, ridicularizados e transformados em piada pela mídia.

Nós valemos mais do que isso. Somos seres humanos. Nossas habilidades são valiosas. Nossas maneiras de pensar são valiosas. Apenas nos dê espaço para respirar e faça algumas

---

14. Marca de produtos oculares.

adaptações, e nos veja deslanchar. Há aqueles de nós que são totalmente dependentes de outras pessoas, isso é verdade, mas mesmo eles não deveriam ser mencionados como inferiores. Há uma pessoa lá dentro, mesmo que você pessoalmente não possa encontrá-la. E que eles estejam olhando para fora, e que o seu mundo seja tão confuso para eles quanto o deles é para você.

Para as pessoas neurotípicas que estão lendo isso: é hora de fazer a sua parte. Você tem mais consciência, isso é ótimo, estamos todos cientes do autismo agora. Mas qual é o seu próximo passo? Precisamos de ação, não de alarmismo. Treine mais pessoas para diagnosticar e reconhecer o autismo. Prepare-se não apenas para crianças autistas, mas para adultos autistas. Faça com que colocar autismo no currículo não seja um veto automático. Faça do *Autism Act 2009* algo que realmente as pessoas defendam e se conscientizem. Permita-nos ser parte da sociedade da nossa maneira. Não nos descarte sem nos dar uma chance.

Para as pessoas autistas que estão lendo agora: Espero que este livro tenha ajudado de algum modo. Talvez você tenha reconhecido um pedaço de si mesmo no que eu escrevi. Talvez tenha te irritado. Talvez tenha ajudado você a fazer as pazes com uma parte de si. Eu nunca tive um livro como este para ler enquanto crescia. Talvez se tivesse, as coisas poderiam ter sido muito diferentes.

Encontrar a si mesmo na cultura popular é inestimável. Precisamos ser vistos. E não somos, ou pelo menos, não do jeito que deveríamos ser. Deveríamos ser aqueles a falar quando alguém precisa de uma frase de efeito sobre as lutas que pessoas autistas enfrentam. Deveríamos ser vistos como um recurso tão valioso para a pesquisa do autismo quanto os cientistas e os médicos. Podemos não ser treinados, mas temos a experiência de vida e nós somos o autismo.

É difícil. É incrivelmente difícil. Escrever isso me lembrou de como foi difícil para mim, e como ainda é.. Eu não estou curada, minha ansiedade e depressão e TEPT ainda estão lá. Consigo administrar isso com medicação, mas não é uma solução. E sempre serei autista. Muitas instituições de caridade se revoltam contra isso, desperdiçando tanto dinheiro procurando uma cura. E eu entendo que, até certo ponto – eles têm medo de nós, eles têm medo por seus filhos. Fomos feitos para ter um dos piores transtornos que se pode ter. Totalmente incurável e totalmente alienígena.

Bem, eu digo, dane-se. Nós somos nossos cérebros e nossos cérebros são autistas. E é hora de as pessoas aceitarem isso. Precisamos ser ouvidos. Precisamos criar. Precisamos fazer aquilo que temos de melhor. Precisamos usar nossos talentos e mudar o mundo. Sei que mobilizar pessoas autistas é como querer controlar o incontrolável, todos nós somos tão únicos, mas é isso o que nos torna incríveis, temos todo um espectro para descobrir e cada um de nós tem uma voz diferente.

Crie algo bonito. Escreva uma postagem no blog. Faça um vídeo no Youtube. Pinte alguma coisa. Cante. Dance. Qualquer coisa. Tudo. *Não precisa ser perfeito*. A arte não é sobre ser perfeito, é sobre ser autêntico. É sobre fazer as pessoas sentirem.

Eu sei que temos muito a dizer e acho que é hora de dizermos isso.

Eu vou deixar você agora, e quero te agradecer por ler até aqui. Para mim, este é o começo de um começo. Espero que seja para você também. Você sobreviverá. Você irá. Eu prometo.

Afinal de contas, **você é enormemente cósmico**.

Agradecimentos

Tenho tantas pessoas para agradecer por fazer este livro acontecer. Em primeiro lugar, à minha mãe, por me ensinar a amar os livros e por me dizer que eu poderia ser o que quisesse ser (sempre fui uma escritora). Obrigada por ser tão paciente e por viver todos esses anos ruins comigo. Nada do que disser será o suficiente para agradecer por tudo o que você fez por mim, e continua a fazer por mim, todos os dias. É uma honra ter você como mãe, e sou muito, muito grata a você.

Ao meu pai, arrastado a todas as convenções ainda que ele não as entenda, e quem me apoia incondicionalmente através de todos os meus esquemas e ideias malucas. Você incutiu um amor e compreensão da música em mim pelos quais sou muito grata.

À minha irmã, Rosie, por ser tão gentil e generosa comigo apesar dos anos difíceis. Sei que não tem sido fácil, mas tem sido um privilégio ver você crescer, e se tornar uma mulher bonita e inteligente com uma família maravilhosa. Tenho tanto orgulho de você.

Ao meu irmão, Joe, gentil e generoso e, irritantemente, muito mais alto do que eu. Mais uma vez, tenho tanto orgulho de você por tudo o que realizou, e sei que você vai conseguir grandes coisas.

Ao meu sobrinho, Ethan, que tanto me ensinou e cuja paixão por conhecimento e a intensa curiosidade me inspiram todos os dias. Um dia você escreverá uma série épica de livros e quero o primeiro exemplar autografado.

Para minha sobrinha, Ella, uma luz constante mesmo nos dias escuros, cheia de magia e criatividade. É uma alegria e um prazer ser convidada a participar de suas histórias, e é bom saber que a capacidade de não se sentar corretamente é de fato genética.

Ao meu sobrinho, Roan, que me ensinou mais sobre ser adulta do que qualquer outra pessoa poderia fazer, embora, ao mesmo tempo, me permitiu ser despreocupada e dançar ao som de Baby Shark (no modo de repetição) e curtir genuinamente simplesmente existir com você. Você é total travessura e eu te adoro por isso.

Para meu sobrinho mais novo, Remi, o menor humano. Estou ansiosa para conhecer você e saber quem você é.

Ao meu tio, Mikey, obrigada por nos deixar expulsá-lo do seu apartamento cada vez que vamos a Londres. Obrigada também por me contar sobre suas viagens, e por me mostrar que não é preciso crescer de verdade.

Para Mervyn, que tem sido o farol na tempestade nos últimos anos até hoje, e que acredita em mim de uma forma que poucos outros acreditariam. Me sinto tão honrada em chamá-lo de meu melhor amigo, e você me inspira a ser uma pessoa melhor. Obrigada pelos e-mails tarde da noite e por estar lá. Eu te devo muito.

Obrigada a Mary, da *Spectrum*, por ser minha fada madrinha e por acreditar neste livro e, mais importante, por acreditar em mim. Você faz um trabalho tão incrível, e eu já disse antes, mas vou dizer de novo, ganhar o prêmio da *Spectrum Art* mudou minha vida, e nunca poderei retribuir isso.

Obrigada a Sacha, por me ajudar a levar este livro às pessoas certas e por ser tão gentil e amável.

À Corinne e Candida, da Myriad Editions, por decidirem publicar este livro e por tornarem realidade um sonho de infância. Obrigada por suas amáveis palavras e por todo o trabalho que fizeram. Obrigada também ao meu editor, Dawn, que tornou o "Como é Ser Autista" legível. E minha designer de capa, Clare, que eu provavelmente enlouqueci com minhas exigências!

Para todos no fã-clube, os escritores de *fanfics* e *fanartistas*, para as pessoas que comentaram meu trabalho e me apoiaram, que me impulsionaram e me permitiram acreditar na minha escrita. Tem sido uma honra servir a vocês.

Para Hozier, Keaton Henson, Dodie e Panic! At The Disco por ser o acompanhamento musical para este livro.

E, finalmente, à Laura, por me falar sobre escrever; à Julie, por ser uma amiga do tumblr; a Jo, por inspirar muitos poemas; à Amber, Sophia e Mischa, por serem as melhores gatas; a John Green, cujo conselho foi inestimável ("Dê a si mesmo permissão para errar e escreva na folha"); a James Buchanan (Bucky) Barnes, por ser fictício, mas ainda assim, o personagem mais inspirador que já vi em papel ou na tela; a todos que me entrevistaram; a todos que entraram em contato comigo; a todos que tiraram um tempo do seu dia para ler meus tweets idiotas ou comentar no meu Instagram.

E obrigada, caro leitor, a você. Um livro é um objeto, é apenas quando é aberto e lido que se torna real. Então, obrigada pela leitura, até o fim. Você não sabe o quanto isso significa para mim, e eu sou eternamente grata.

O

Este livro foi composto em papel pólen natural 80g
e impresso em junho de 2023.

Que este livro dure até antes do fim do mundo.